Contents

爆弾人間
Colio
コリオ
爆弾を埋め込まれた少年。ハミュッツを殺すためだけに生きる。
Relia
レーリア
リーダー格。コリオたちよりも、記憶や知識が残っている。
Cigal
シガル
神溺教団の長。爆弾人間を操り、ハミュッツを狙う。
Nekoiro no hime
猫色の姫
コリオが手にする『本』の姫君。

戦う司書と恋する爆弾
Tatakau Shisho to Koi-suru Bakudan

characters

武装司書

Mattoalast
マットアラスト

武装司書。予知魔道の能力を持つ、拳銃の達人。

Hamyuts
ハミュッツ

世界最強の武装司書の長。冷酷で無類の戦闘好き。投石器と触覚糸を使う。

Mirepoc
ミレポック

三等武装司書。まだ若い、生真面目な少女。

イラスト／前嶋重機

戦う司書
Tatakau Sisho to Koi suru Bakudan
恋する爆弾

第一章 爆弾と『本と灰色の町

「コリオ＝トニス」

と、暗闇《くらやみ》の向こうで、誰かが言った。

コリオ＝トニスは顔を上げた。何も見えない。コリオは、石の床にへばりついた頰《ほお》を引き剝《は》がした。

胸が痛み、息をするごとに胸の奥で風が通りぬける音がした。口の中が熱く、粘膜《ねんまく》は乾ききり、舌《した》を動かすと口の中で何かが剝がれた。ひどく痛い。だが、そんなことを気に留めている心の余裕はコリオにはなかった。

どうにかして手を動かして、頰にこびりついたよだれをぬぐおうと、コリオは無駄な努力をした。腕はべとべとに湿った縄で縛《しば》られていた。後ろ手に縛られているコリオの手は、仰向《あおむ》けにされた体の下で押しつぶされ、指の一本すら動かなくなっていた。

「コリオ＝トニス。人間とは何だ」

男の声がした。周囲に人影はない。コリオのすぐそば、石の床の上に、古びた蓄音機が置かれ、銅の旋盤《せんばん》が回っていた。蓄音機の拡声器部から、響いている男の声。

それに向かって、コリオは答えた。

「人間とは、神の子の中の、神の最も愛した子。天と地の輝きを集めた生命体。愛を縦糸《たて》に、自由を横糸に、その生涯《しょうがい》をかけて、幸福のタペストリを織る存在」

コリオは、もはや自分が何を言っているのか理解できていない。ただ、それを言わなくてはいけないのだ。

一昨日《おととい》の昼から何も食べていない……ような気がする。記憶が曖昧《あいまい》で、食べたのか食べてないのか思い出せなかった。

縛られている手首が痛んだ。汗《あせ》で皮膚《ひふ》がふやけ、露《あらわ》になった肉が膿《う》み始めているようだった。

指先の感覚がなかった。指があるのかどうかもわからなかった。

「続けよ、コリオ＝トニス」

「傷ついた人間は、助けられなければいけない。苦しむ人間は、救われなくてはいけない。孤独な人間は、愛されなくてはいけない」

「なぜ」

「すべての人間は、幸福になるために生まれてきたから。愛されるために生まれてきたから」

「もう一度聞く。人間とはなんだ」

「この世のすべての幸福を、得る権利のあるもの。愛し、愛され、満ち足り、苦しむことなく、至上《しじょう》の幸福に包まれた一生を送るもの」

「いいだろう」

コリオは蓄音機と会話を続けていた。

あらかじめ、内容の決められた会話である。決められた内容以外のことを、口にすることは許されない。あらかじめ、決められた内容以外のことを、考えることも許されない。コリオの価値は、蓄音機と変わらない。

「では、コリオ＝トニス。なぜお前は、そうしている？」

「コリオ＝トニスは、人間ではないからだ」

「コリオ＝トニスは何だ」

「コリオ＝トニスは爆弾だ」

「コリオ＝トニスは爆弾か」

「コリオ＝トニスは爆弾だ」

ふと、コリオは誰かが、自分を見つめていることに気がついた。人が二人入るのがやっとという広さの石の部屋のドアを開け、一人の男が、いつの間にか中に入っていた。

右足のすねに、痛みが走った。男が、コリオの足を踏みつけていた。石の床に足が押しつけられ、骨がきしむように痛んだ。

膝《ひざ》から足が離れたと思うと、今度は腰を蹴《け》られた。コリオの体は鉛筆のように床を転がされた。うつぶせにされたコリオは力なく首を上げた。

いつの間にか、蓄音機が止まっていた。蓄音機の代わりに今度は男が尋ねた。

「コリオ＝トニス。お前は何だ」

「コリオ＝トニスは爆弾だ」

コリオの答えに、男は満足したようだった。

「申し分のない答えだ」

そう言うと、部屋に明かりがついた。コリオは、目を焼く光に、苦痛の声を上げた。

「十分のようだな」

男は言った。何が十分なのか、考えている余裕はコリオにはなかった。体が痛み、疲れていた。何も考えたくなかったし、何も感じたくなかった。

「コリオ＝トニス。お前の生まれた理由を教える」

冷たい石の床に寝そべるコリオに、声は言った。

「お前が生まれたのはハミュッツ＝メセタを殺すためだ。繰り返せ。コリオ＝トニス」

傷つき、疲れ果てたコリオは、男の言葉を受け入れた。ハミュッツ＝メセタとは誰か。なぜ殺すのか。どうやって殺すのか。わからないことはいろいろあったが、疑問は持たなかった。

「コリオ＝トニスが生まれたのは、ハミュッツ＝メセタを殺すためだ」

コリオの横に立つ男は言った。

「もう一度、繰り返せ」

「ハミュッツ＝メセタを殺すためだ」

「もう一度」

「ハミュッツ＝メセタを殺すためだ」

「ハミュッツ＝メセタを殺せ」

「ハミュッツ＝メセタを殺す」

コリオの手首に巻かれた縄が解かれた。肌《はだ》が外気に触れる痛みに、コリオは顔をしかめた。

「ハミュッツ＝メセタを殺せ」

「ハミュッツ＝メセタを殺す」

コリオは這《は》い上がるようにして立ち上がった。

「ハミュッツ＝メセタを殺せ」

「ハミュッツ＝メセタを殺す」

コリオは呟《つぶや》いた。すでに蓄音機は止まり、男は去り、コリオに語りかけるものは誰もいない。

「ハミュッツ＝メセタを殺す」

誰もいない部屋の中で、コリオは呟いていた。

それが、コリオ＝トニスの持っている、最初の記憶だった。

どこかから風が吹き込んでいた。風はよどみ、埃《ほこり》くさい。コリオ＝トニスは風の匂《にお》いで目を覚ました。顔の前には、同じく埃くさい木のベッドと、その上に掛けられた薄っぺらな敷布《しきふ》。

コリオは自分が、目を覚ましたことを認識した。

外は明るい。朝になっている。くすんだガラスの向こうに広がっているのは、ガラスよりもっとくすんだ灰色の空と雲だった。

久しぶりに、夢を見た。

コリオが持っている、最初の記憶の夢だ。

ハミュッツ＝メセタを殺す。その言葉を覚えたあの日から、半年が過ぎている。

コリオは埃くさいベッドの中で、きしむ体を伸ばした。

小さな宿の二階、ベッドが三つ並んだだけの、狭い部屋。天井から吊《つ》り下げられた灯油ランプに蛾《が》の死体。あちこちに蜘蛛《くも》の巣が張った汚い部屋に、コリオはいた。

「……………触っても痛くないんだ。でも体を動かすと痛い」

声がした。コリオのベッドの横で、二人の男が話していた。コリオは二人の名を知っている。レーリア＝ブックワットとヒョウエ＝ジャンフス。ヒョウエ＝ジャンフスが上半身裸《はだか》で、ベッドに横たわり、レーリア＝ブックワットがその横に座っている。レーリアが、ヒョウエの胸を見ているようだった。

「前に曲げると痛いのか?」

「どっちに動かしても痛い………ほら見てくれ、膿《うみ》が」

ヒョウエは苦しそうにうめいていた。レーリアがそれを見て、顔をしかめる。

「ああ…本当だ。膿んでいる」

「そうだ。昨日の夜からおかしいんだ」

レーリアのベッドは片付けられている。二人はだいぶ前から起きているようだった。

「どうしたんだ?」

コリオはレーリアに尋ねる。

「ヒョウエの調子がおかしい」

とレーリアは言った。

「膿んでるんだ。胸の穴に砂埃が入ったのかもしれない。俺はなんともないが……コリオはどうだ?」

そう言われて、コリオは胸に手を当てた。胸板は薄く、やせて、肋骨《ろっこつ》の手触りを感じられる。

胸の真ん中。心臓のわずかに右。コリオの手が、大きな石に触る。

コリオは埋め込まれたその石を、慎重になでた。

言われてみればたしかに違和感があるかもしれない。石を押すと、肺に圧迫感を感じて、息苦しさを覚える。

「あるかもしれない。空気のせいだと思う」

「ああ。俺もそう思う」

そう言って、レーリアは灰色のシャツのボタンを外した。コリオと同じ、やせた不健康な胸が露《あらわ》になる。

その真ん中に、コリオと同じように、大きな石が埋まっていた。

「ここは空気が悪いから……見ろ。肉と石の間に埃がついてる。早いうちに拭《ふ》き取らなくちゃいけなかったんだ」

胸の肉は、石を埋め込むために、深くえぐり取られている。皮膚は解剖《かいぼう》されたカエルの腹のように切り裂かれ、胸の中央にぽっかりと穴が開いている。肋骨の数本は取り除かれるか削《けず》られるかしてすでにない。

穴に石を埋め込んだ上に、切り開いておいた皮膚をかぶせて、釘《くぎ》でその皮膚を石に縫《ぬ》い付けていた。引き伸ばされて死んだ皮膚は黒く変色し、乾いてガサガサになっていた。引き千切れた皮膚の隙間《すきま》から、死んだ筋肉と肋骨が空気にさらされていた。

埋め込まれているのは、粘土質の赤茶色の石である。大きさは握り拳《こぶし》よりだいぶ大きい。表面には裸の銅線が血管のように浮き出ている。その周りには釘や金属片が埋めこまれている。

下部に接着剤で貼《は》り付けられた真空管。その中には黒い砂が入っている。黒い砂は、常温発火の黒色火薬だ。

「下手《へた》をしたら、爆発してしまうかもしれない。まさか、そんなことはないと思うが……」

レーリアが、石をなでながら、心配そうに言う。

粘土質の石のなかには、高性能の爆薬がたっぷり詰まっていることをレーリアもコリオも知っている。そして、もし真空管が割れたら、爆薬に着火し、周囲を吹き飛ばして消し炭《ずみ》に変えることも。

　レーリアは爆弾を胸の中に埋めこまれているのだ。

「慎重になったほうがいい。一人爆発したら、みな道連れだ」

　ヒョウエが言った。彼の胸にも、無論、レーリアと同じ爆弾が埋め込まれている。

「ああ……俺もそう思う」

　そう言ったコリオの体にも、同じものがある。

　胸に爆弾を埋め込まれた三人の男は、不安げな顔を見合わせた。

「ヒョウエ。まだ痛むか」

　レーリアが、ヒョウエの爆弾をなでる。ヒョウエは「おくう」と嘔吐《おうと》する直前のようなうめき声を上げた。

「……でも、さっきよりは少しましになった。もう少し休めば大丈夫だ」

「そうか、じゃあ、とりあえず、膿を拭き取ろう。その後……」

　続きを言おうとして、レーリアは言葉を詰まらせた。

　なぜ、詰まったのかコリオは知っている。

「レーリア。その後はない」

　コリオは言った。レーリアは表情を変えない。

「ああ。そうだった」

「俺の爆弾が壊れる前に、早くハミュッツ＝メセタを殺そう」

ヒョウエが顔をしかめながら言った。

「そうだ。早くハミュッツ＝メセタを殺すんだ」

コリオが繰り返す。レーリアもそれを繰り返した。

「ハミュッツ＝メセタを殺そう」

「ハミュッツ＝メセタを殺そう」

「ハミュッツ＝メセタを殺そう」

三人はその言葉を合唱するように、何度も何度も繰り返した。


「落ち着いたか？」

レーリアが言った。ヒョウエは頷《うなず》き、たくし上げていたシャツの裾《すそ》を下ろした。

三人はベッドに腰掛けている。彼らが泊まっている安宿の一室には、ベッドのほかにはほとんど何もない。テーブルも、椅子《いす》すらなかった。

「膿は出たらすぐに拭き取るんだ」

レーリアは言った。

「ああ」

三人の中では、とりあえずレーリアがリーダーの役目を担《にな》っていた。

理由は特にないが、おそらく一番年上で、知識が豊富だからだろう。二十歳《はたち》か、その前後だる。

とコリオは思っている。実際のところは知らない。精悍《せいかん》な、意思の強そうな目をしたレーリアは、自然にコリオたちのリーダー役になっている

ヒョウエはコリオより年上で、レーリアより下だろう。十七歳かそこらか。ひどく特徴のない、目立たない顔をしていて、コリオは彼の顔を覚えるのに苦労した。ひどく顔色の悪い、病人のような少年は、いつもおどおどとした表情で、所在《しょざい》なく座っている。

三人の中で、コリオが一番若い。おそらく十五歳ぐらい。三人の中で一番背が低く、しかも猫背なので立ち上がっても実に小さく見える。

伸びた前髪は目を覆《おお》い隠し、後ろ髪はうなじまで伸びていた。横から見ると、雑巾《ぞうきん》を頭に載せているようにも見える。

顔はヒョウエと同じく、陰気《いんき》で覇気《はき》がない。ただ目だけが、異様な、暗い光を帯びていた。

三人はカーキ色のズボンと灰色の麻《あさ》のシャツを着ている。もう何年もアイロンを当てていない、色あせ、しわのついた服だ。ベッドの横にある上着掛けには、同じく色あせた茶色いジャケットが三枚掛かっている。

サイズが違うだけで、どれも同じ品である。

「これからどうする?」

レーリアは二人に言った。

「ハミュッツ=メセタを殺すんだ」

コリオは答えた。レーリアが問い返す。

「で、そのためにどうするんだ？」

「………」

コリオは、何も考えていなかった。

「とりあえず、俺たちは観光客だ」

と、ヒョウエが言う。

「観光をしよう」

コリオとレーリアは顔を見合わせた。

「そうだ」

「それがいい」

二人は言い、三人はのろのろと立ち上がった。

宿に置いてある三人の荷物は、どれも小さい。どれも茶色の布袋で、三つとも同じ大きさだった。

「これを持っていくか？」

コリオは聞いた。

「必要なものだけ持っていくのがいいだろう」

と、レーリア。

「そうだな」

布袋の中をのぞくと、内側に書かれた文字が目に入る。

『ハミュッツ＝メセタを殺せ』

中には必要最低限の着替えと、地図や日記、財布、ペン、インクなどが入っている。

ペンの持ち手に字が書いてある。

『ハミュッツ＝メセタを殺せ』

地図に、赤字で書き込みがある。

『ハミュッツ＝メセタを殺せ』

日記は毎日つけている。レーリアもヒョウエもそうだ。日記の内容は毎日同じである。

『今日はハミュッツ＝メセタを殺さなかった』

最後のページには、こう書かれている。コリオの字ではない印刷された字だ。

『今日ハミュッツ＝メセタとともに爆死した』

とりあえず地図と財布を取り出した。あとのものは使うかどうかわからない。

「ナイフは？」

「わからないから持って行こう」

レーリアは言った。

ズボンの太ももにナイフを入れておく隠しポケットがある。コリオはそこにナイフを収めた。ナイフの刀身《とうしん》にもその文字は書いてある。

『ハミュッツ＝メセタを殺せ』

「行こう」

レーリアは言った。

三人は、のろのろと部屋を出た。

三人は宿を出て、町へと向かう。

コリオの目に映るのは、白がかった灰色の空と、黒がかった灰色の町。三人は、トアット鉱山町という町にいた。

五千人ほどの人が住む、小さな町だ。

トアット鉱山町は、世界最大の国、イスモ自由共和国の西の端、プロート大山脈の中ほどに位置する。

町は南北に伸びる巨大な山脈に囲まれ、その山脈を西に越えると乾いた大平原が、東に越えると大海原が広がっている。

東に港町がある他は、百キロメートル以内に人の住む場所は見つからない。まるで世界を造《つく》ったものが、間違えてそこに置いたかのような、辺鄙《へんぴ》な場所にトアット鉱山町はある。

この場所に、町が作られた理由はただ一つ。

ここには、『本』が掘り出される鉱山があるからだ。

トアット鉱山町に住むほとんどの人間は『本』を掘り出すために働き、『本』に関《かか》わりながら生きている。ここは『本』に支えられた町なのだ。

朝のトアット鉱山町は、すでに活気づいている。

家を出て、鉱山へと向かう男たちの群れ。

仕事道具のツルハシや手回しドリルを肩に背負い、連れ立って町を歩く彼らの体には、土埃と機械油の匂いが染《し》みついている。

これから彼らは鉱山に潜り、土と石をかき分けて『本』を探すのだろう。首尾《しゅび》よく『本』を掘り出せれば、夜にはビールに豚《ぶた》の燻製《くんせい》でも食べられる。『本』が見つからなければ豆のスープを啜《すす》ることになるだろう。

町を歩くのは、ほとんどがそういう人間だ。機械油と石炭の匂いの中を、コリオたち三人は歩いている。

町の真ん中を線路が横切っている。線路を行くのは、石炭を山積みにしたトロッコだ。四人の男たちが、肩でトロッコを押しながら、山の中に向かって行く。

その反対側からは『本』を積んだトロッコが、線路をきしませながら降りてくる。

トロッコを押す男たちが、声を合わせて歌を歌っている。

「おれたちゃ鉱夫　モグラは友達　オケラが仲間
鉱山天国それとも地獄　後ろにゃ怖い武装司書
いとしいあの娘《こ》の『本』でも出たら
キスの一つもさせてくれ……」

男たちの押すトロッコがコリオたちの横を通り過ぎて見えなくなる。

線路は町の入り口にある駅に向かっていた。『本』はそこから汽車に乗って隣の町へ運ばれ、船に乗り換えて図書館へ向かう。

コリオたちがその汽車に乗ってトアット鉱山に来たのは、二日前のことだった。

「おい、あれなんだ?」

とヒョウエが言った。

指差したのは、山の中腹から突き出た突起物《とっきぶつ》のような煙突群。

距離が離れているので、ここから見てもよくわからないが、相当大きな煙突に見える。煙突の全《すべ》てから、灰色の煙が盛大に上がり、空を覆っている。

「ひどい煙だな」

ヒョウエが言った。たしかに、この町はどこに行ってもどこか灰の匂いがする。空は白っぽく、町は全体に薄暗い。

「鉱山の中で、石炭をたくさん燃やしているんだ。機械で土を掘って、掘った土の中から『本』を探すんだ」

とレーリアが言う。

「あの煙はどうにかならないのかな」

「さあ……たぶん、図書館のえらい人が、いろいろやってると思うが」

と解説したのも、レーリアだった。

石炭と、蒸気機関と、埃と煙と『本』の町。

それが、コリオが見たトアット鉱山町の印象だった。

大通りを外れて、路地に入る。

狭い道の両側に、さまざまな店が並んでいる。

パン屋が大きなライ麦パンを店先に並べ、服屋の店先は山と積まれた古着や、労働者用の木靴に埋もれている。

小さな酒場や食堂は、『本』を掘る男たちのためにスープや焼きジャガイモを店先に並べている。男たちは声高《こわだか》に騒ぎながら、立ったままそれらの食い物を腹に流し込んでいた。

彼らの前には籠《かご》を抱えていろいろな物を売り歩く、行商人たち。

道の端には、鉱山で働けなくなった浮浪者や、遊ぶ子供たちの姿も見える。

人ごみの中を、三人はあてどなく歩いていた。

「ヒョウエ。コリオ」

前を歩いていたレーリアが言った。

「『本』読んだことあるか？」

コリオは何も答えない。答えたのはヒョウエだ。

「ない」

「俺もだ」

そう言って、レーリアは歩き続ける。コリオとヒョウエはその後ろについていく。

「でも、昔、読んだことあるかもしれないよな」

「そうかもしれないが、わからない」

ヒョウエは、首を横に振る。コリオは何も言わないが、ヒョウエと同じことを考えている。

コリオの記憶は、この半年の間のことしかない。

暗い、石の部屋で目覚め、自身が爆弾であることを知り、爆弾に幸福はありえないことを知った。そして、ハミュッツ＝メセタを殺すために、一昨日《おととい》、この町に来た。

この町で、ハミュッツを殺す。その目的以外の何も、コリオにはない。レーリアやヒョウエと出会ったのは、この町に向かう汽車の中だ。

「なあ、雑談しないか？」

と、突然レーリアが言った。

「……え？」

コリオは聞き返した。

「黙って歩いていたら、変に思われるだろう」

「……そうかもしれない」

コリオは周囲を見渡す。町の中を歩く人々が、コリオたちに目を向ける気配は、今のところない。

しかし人に怪《あや》しまれるのはよくないことかもしれない。

だが、話すことが浮かばなかった。ハミュッツ＝メセタを殺す。それ以外のことを、コリオは知らない。

「何を、話すんだ？」

　コリオが問うと、レーリアは言った。

「神様の、話をするか」

「神様？」

「何でだかわからんが神様の話を聞いたことがあるんだ」

　昔のことを懐《なつ》かしむような口調で、レーリアは言った。

「いつのことだ？」

　ヒョウエが聞く。

「俺にもわからん。きっと、昔のことだ」

「消されていない記憶があるのか？」

　コリオとヒョウエは驚いた。レーリアは振り返って言う。

「お前らにはないのか？」

「……俺は、ないな」

　ヒョウエが言い、

「俺もだ」

　と、コリオも答える。

「………そうか」

レーリアは少し、さびしそうな顔をしたが、それ以上何も言わなかった。

「それより、雑談をしよう。ハミュッツを殺すために」

と、コリオ。

「そうだな……何から話そうか」

レーリアは少し考えて、話し始めた。

「俺も、ほとんどなにも覚えてないんだ。誰に聞いたのか、いつ知ったのかとか。

ただ、知識としてはよく知っている。

遙《はる》か昔に『始まりと終わりの管理者』がこの世に現れたんだ。

『始まりと終わりの管理者』は最初に、混沌《こんとん》から天と、地と、海を作った。これは百万年かかったらしい。

次に、残った混沌を固めて削り、動物と植物を作った。それに十万年かかった。

その後、残った混沌を加工して、人間を作った。一万年かかった。

最後に、自分の体を切り裂いて、三人の神様を作ったんだ」

レーリアは、話し続ける。ヒョウエとコリオは、相槌《あいづち》も打たずに聞いていた。

「三人の神様は、それぞれ『始まりと終わりの管理者』から、仕事を引き継いだ。

世界を三つに分けて、それぞれに任せたんだ。

『未《いま》だ来たらざるものの管理者オルントーラ』『現れ在《あ》るものの管理者トーイトーラ』『過ぎ去りしものの管理者バントーラ』の三人だ。

『始まりと終わりの管理者』は世界を三人の新たな管理者に任せ、長い長い眠りについた。ここまでが、世界誕生」

レーリアは話を続ける。

「で、過去神バントーラは、人間の所業《しょぎょう》のすべてを記録し、管理することを任された。バントーラはそのために、図書館を作った。人間が勝手に入れないように、地中に迷宮を掘って、その中に図書館を作った。

それは、今でも残っているし、機能している。神立バントーラ図書館という図書館だ。

次にバントーラは、そこに収める『本』を作った。

バントーラは死んだ人間の魂《たましい》を集めて、地中に埋めた。魂を地中に埋めると、自然に魂から生命力が抜けていく。生命力が抜けきると、魂は化石になる。

化石になった魂には、その人間の持つ記憶の、すべてが収められている。化石に手を触れれば、その記憶を追体験できるんだ。

バントーラは司書天使たちに『本』を掘り出させて、管理させていた」

そう言ったレーリアの横を、『本』が入った籠を抱えた男が通り過ぎた。『本』は掘り出されたばかりらしく、土や泥《どろ》がついている。

「昔、神様が人間を治めていたころを、楽園時代という。

楽園時代は戦争もなかったし、貧困や犯罪もなくて、平和だった。

でも、いろんな事件が起こって、神様は人間のそばにいられなくなった。

神様は人間に世界の管理を委託《いたく》して、地上から去った。

三人の世界管理者の一人である過去神バントーラは、図書館の館長室に封印されて、そこから出れなくなった。

だからバントーラは、人間たちに、図書館の管理を委託した。

それから、『本』を掘り出すのも、図書館で管理するのも、人間の仕事になった。

バントーラに、図書館を任された人たちを、武装司書という」

「ああ…それは知っている」

と、ヒョウエが言った。

「図書館の迷宮を抜け、図書館を守る魔物を倒せることが、武装司書になる条件で、全員が桁《けた》外れの戦闘力を持ち、歴史学者並みの知識を持っている。

世界で一番、なるのが難しい職業が武装司書なんだそうだ。

たくさんいる武装司書の中で、一番強い人が、バントーラ図書館の館長代行になる。

二人とも、知ってるよな。それが、ハミュッツ＝メセタだ」

ハミュッツ＝メセタのことは、コリオも知っていた。

史上たった四人しかいない、女性の世界管理代行者。世界最強の戦士の一人で、世界最強の暗殺者。

「よく知ってるな。レーリア」

ヒョウエが言った。

「ああ。何で知ってるのかな。わかんないな」

「覚えてないのか」

「ああ。記憶はほとんどなくしてるからな」

「どうして、それだけ覚えてるんだ？」

「わからない」

レーリアは首をかしげる。今まで黙っていたコリオが口を開く。

「もういい」

「………」

「それよりハミュッツ＝メセタを殺そう」

「………そうだな」

と、言ったきり、雑談は終わった。あとは誰も何も言わなかった。

コリオは、わずかでも記憶を残しているレーリアを、少しうらやましく思った。

だが、そんなことを覚えていても、ハミュッツを殺す役には立たない。ハミュッツ＝メセタを殺すためだけに、自分たちはいるんだから、きっとレーリアは、不良品なんだ。

そう思うと、陰鬱《いんうつ》な気持ちが少し晴れた。コリオは改めてハミュッツ＝メセタを殺そうと、気持ちを新たにした。


そのときだった。

「お兄さんたち、『本』に興味があるんだね？　神様の話なんて、学があるねえ」

歩いている三人に、呼びかけてくる声があった。

路地の端で、土の上に布のシートを広げた男。シートの上には土埃のついた『本』が並べられている。その前で、禿《は》げた男が、コリオたちを手招きしていた。

『本』屋だ。

「どうだ、見てみないかい？　安くしとくよ」

と『本』屋は言う。コリオは、立ち止まった。

『本』を見るのは初めてだった。

外見は、手のひらに少し余るぐらいの小さな石の板に見える。完全なものは長方形だ。だが店に並んでいる『本』には完全なものは少なく、欠けているものや、割れて真っ二つのものや、ばらばらになっているものもある。

「さあさあ皆様お立会い。昨日掘り出されたばかりの『本』だ。どれもこれも貴重な一冊。自分で楽しむもよし、図書館に売って大もうけするもよし。

さあさあ、どれもこれも、超一級封印ものの貴重書だあ」

『本』の勝手な売買は、禁じられているはずなのだが『本』屋は気にも留めていない。三人を前に声を張り上げる。

「そこの同じ服着たお兄さんたち。うちら『本』屋は兄さんたちみたいな人のためにあるんだぜえ」

コリオたちは、立ち去ろうとする。もぐりの『本』屋は、ここで退《ひ》いては商売あがったりとばかりに食い下がる。

『本』屋は立ち上がって近づいてくる。後ろを歩いていたコリオに目標を定めたようだ。

「ほら、一番ちっちゃな坊主《ぼうず》。この『本』なんてどうだ。

二百年前、帝国時代の将軍の『本』だ。昨日俺さまがこの手で掘り出した『本』だぜ。

土の中に埋もれてたやつを、俺が掘り出したんだ。まあだまされたと思って買ってみろ」

レーリアが振り返って、コリオに言った。

「コリオ。相手にするな。行くぞ」

「ああ」

だが、『本』屋はあきらめない。

「そんなこと言わずにさあ、ほれ、見てみろって。

将軍に興味はないかい。

じゃあ、こっちならどうだ」

本屋はコリオの服の裾をつかんで、『本』を見せてきた。コリオは振り向いて、男の差し出した『本』を見た。

理由は、わからない。

コリオは少しの間、ほんの少しの間、その『本』に目を奪われた。

『本』は一見、半透明のガラスでできた板に見えた。形はとがった三角形。手のひらに収まるサイズの、小さな『本』の欠片《かけら》だった。

「砕《くだ》けた『本』は少ししか見れないが、その代わり安くしておくぜぇ」

「コリオ。何してる。行くぞ」

白の半透明、淡雪《あわゆき》のような色をした『本』だった。なぜか、奇妙な暖かさを、その『本』に感じた。なぜか、とても大切なものに思えた。

「さわってみろ、びっくりするぜ。ほら、どうだ。三百年前のお姫様の貴重な『本』だぜ」

「コリオ！」

そう言われて、コリオはわれに返った。『本』屋の手を振り払い、先に行っているレーリアとヒョウエのところに走る。

「なあ、坊主、邪険にするなよ」

さらに男は追ってきた。コリオの頭に血が上りかけた。

コリオは、太《ふと》もものポケットに収められた、ナイフに手をかけた。

ナイフの扱《あつか》いは素人《しろうと》だが、この程度の相手を殺すことぐらいなら簡単だと、コリオは判断した。

邪魔を、するな。ハミュッツ＝メセタを殺さなくてはいけないんだ。

そう思って、ナイフを抜こうとした瞬間のことだった。

「おい。神立図書館の許可はあるのか？」

突然歩み寄ってきた男が、『本』屋の手をつかんだ。

　やや大柄なレーリアよりもさらに頭一つ、コリオと並んだら同じ人間とは思えないほど大きな男だった。背広姿のその男は、腰に巨大な銃をぶら下げている。銃の持ち手に、紋章《もんしょう》が刻《きざ》まれているのを、コリオは見た。錠前《じょうまえ》を描いた紋章だった。

「いや、その今は家に忘れてきてしまいまして」

「……ちょっと来い」

　大柄な男は軽々と、『本』屋を持ち上げた。

「いや、ほんとに、その」

『本』屋はなんとかごまかそうとしているが、大柄な男は耳も貸さない。『本』屋を肩に担《かつ》いで、大通りを歩いていった。

　大男の後ろ姿を見ながら、レーリアが言った。

「……あいつ、武装司書だ」

「え？」

「神の代理人を示す赤銅色《あかがねいろ》の、過去を表す錠前。武装司書のエンブレムだ」

「………よく知ってるな。レーリア」

　と、ヒョウエが驚く。

「でも、ハミュッツ＝メセタじゃないだろう」

　そう聞いたのはコリオだ。

「そうだな。ハミュッツ＝メセタは女だ」

「じゃあ、関係ない。ハミュッツ＝メセタ以外はどうでもいいんだ」

コリオは言う。レーリアはまだ何かを考えているようだった。

「行こう、レーリア。ハミュッツ＝メセタを殺そう」

「そうだ。ハミュッツ＝メセタを殺そう」

「……ああ。そうだな」

また、三人はのろのろと歩き出した。


少し歩くと、路地を抜けた。

この先は民家も店もない、空《あ》き地ばかりが多くなる町の外れだった。町の境界を示す木の柵《さく》があり、辺《あた》りには鉄くずや廃材、石炭の燃えカスや、その他ゴミが雑然と捨てられている。その向こうには灰色の山並みが果てしなく続いているだけだった。

「この先には何もないな」

「ああ」

そう言って、三人が立ち止まると、突然、後ろから声をかけられた。

「ははは、あんたたち危なかったねえ」

三人は振り返り、話しかけてきた男を見た。

にこにこと、自然な笑顔を浮かべた青年だった。手押し車を押しながら、コリオたちの来た方向から歩いてくる。手押し車の中には黒パンが山と詰まれていて、その横に包丁《ほうちょう》が刺さったチーズの塊《かたまり》と、小さな樽《たる》が置かれている。

　行商のパン屋のようだった。手押し車の車輪をきしませながら、青年はコリオたちに近づいてくる。

「運がよかったね。あのおっさんは何が何でも売ってくるから。この辺に住んでいる人はみんなおっさんの被害者さ。たいしたことじゃないんだけど」

　と言いながら、青年は、手押し車のパンを手にとって見せる。

「ところで、昼飯《めし》はもう食ったか？　おれのパンは焼きたてでうまいよ」

　三人は顔を見合わせた。

　たしかに、もう昼食をとっていい時間かもしれない。

　三人は、道の横に積まれた木材に腰を下ろした。その横で青年がチーズに刺さった包丁を抜く。

「あんたがた、何で三人して同じ服着てるんですか？」

　と、パンに包丁を差しこみながら青年は言った。

　青年は、レーリアと同じぐらいの歳《とし》に見える。人のいいだけがとりえの青年に見えた。ずっと小さいころから仕事をしているのか、チーズとパンを売る声も手つきもこなれている。

「たいした事情じゃない」

　レーリアは、肩をすくめて言った。

　チーズをはさんだ黒パンは、一個一キルエ。ショウガ入りのエールがコップ一杯一キルエ。

レーリアは財布から、くしゃくしゃの十キルエ紙幣《しへい》を取り出し、一キルエのコインを四枚受け取った。

青年は包丁を抜いて、手早くパンを裂いてチーズを削り、はさむ。

あっという間に三人にパンを渡し、頼んでもいないのに樽からエールを注いで三人に配った。

三人は、無言でそれを食べ始める。

「値段の割にはうまいな」

と、レーリアが言った。お世辞《せじ》ではなさそうだった。

コリオにはどうでもよかった。ただパンを噛《か》み、エールを流し込んでいた。

「……………ハミュッツ＝メセタはどこにいる？」

コリオがぼそりと言った。パン売りの青年は、聞き取れなかったようだった。

「は？　エールおかわりですか？　一キルエですが」

コリオは立ち上がって言った。

「ハミュッツ＝メセタの居場所を教えろ」

コリオは近づく。パン売りの青年は、急におかしなことを言い出したコリオに驚く。

「教えるんだ」

コリオがナイフを抜こうとした時、後ろからレーリアに腕をつかまれた。

「ああ、すまない。こいつは少し、おかしいんだ。

エールもう一杯くれるか？」

「……はあ。まいどあり」

一キルエのコインをポケットに入れた青年は、いぶかしげにコリオを見る。

「それと、聞きたいことがあるんだが、いいかい？」

「かまいませんけど」

青年は、戸惑《とまど》う。少し、おかしな奴《やつ》らを捕まえちまったとでも思っているのだろう。

「ハミュッツ＝メセタはどこにいるか知っているか？」

「ハミュッツ＝メセタはどこにいるか？」

青年は、レーリアの質問をおうむ返しに聞き返した。

「どこにいるって……図書館の館長なんですから、図書館にいるんじゃないですか？」

「バントーラ図書館か？」

「そりゃそうですよ。そんなことも知らないんですか？」

レーリアは、頭を掻《か》いた。

「ああ、そうか、そうだな」

青年は、レーリアをいぶかしげな目で見つめる。

「あの……失礼ですけど、あなたたち何しに来たんですか？」

「ちょっと観光にね」

「こんなところに？」

「昔から興味があったんだ」

「……ふうん」

　青年は小首をかしげた。やはり、怪しんでいるとコリオは思った。

「でも観光なら、『本』の一冊でも買っていけばよかったですね。あの『本』屋のおっさんから。やっぱり『本』って面白《おもしろ》いものですよ」

「ああ……気が向いたら、そうするよ」

「ええ、だいぶ前におれもあのおっさんに捕まりましてね、『本』を買わされたんですよ。で、その『本』が……」

　青年の言葉が、急に止まる。

「どうした？」

「どうしたというか……」

　指を上げ、レーリアの隣に座るヒョウエを指差す。

「そこの人、どうしたんですか？」

　食いかけのパンと、エールの入っていたコップが、地面に落ちているのを、コリオは見た。ヒョウエが、昼食を投げ捨てて、胸を掻《か》きむしっていた。

「はあ、は、は、はああ、ああ」

　胸の、爆弾のあたりを掻きむしっていた。もし、真空管にひびが入ったら、おしまいだというのに、掻きむしっていた。

「……ヒョウエ。お前」

「レー、レ、レーリア。く、食ったら、食ったら、急に、きゅっ」

コリオのコップが、地面に落ちた。

「……ちょっ、見てくれ、たすけ、てくれ、レーリア、助けて、くれ」

ヒョウエは立ち上がり、足を引きずりながら、レーリアに歩み寄ろうとした。

レーリアは、駆け寄らなかった。逆に後ずさった。

そして、ヒョウエに背中を向けて走り出した。

「コリオ、逃げろ、早く！」

レーリアは叫んだ、それでコリオも、ようやく何が起きているのか理解した。

コリオはパンを捨てて駆け出した。必死だった。一目散《いちもくさん》に駆けた。

「あんたも逃げろ！」

「え？　なんで？」

パン売りの青年はヒョウエとレーリアたちを、交互に見ながら戸惑う。

ヒョウエは膝をつく。真空管に入ってくる空気を何とか抑えようと真空管に入った割れ目を指で押さえる。

強く押さえすぎた真空管が、砕ける小さな音。

「レーリア、い、行かないで、レ、レー」

「あんたどうしたんだ？　具合悪いんだっ」

「逃げろコ――」

ヒョウエの声と、レーリアの声と、青年の声は、爆音でかき消えた。コリオは背中から押されるように倒れた。

肩から地面にぶつかり、誘爆だけは何とか避けた。降ってくる熱い土くれを、背中で受け、必死で胸の爆弾を守った。

「レ、レーリア」

「コリオ、無事か」

コリオが呼ぶと、声が返ってきた。レーリアは爆発の前に犬のように地面に伏せて、爆風を防いだようだった。

振り向くと、黒ずんだ地面の中心に、小さな残り火があった。さっきまで座っていた材木が、墨《すみ》になって煙を上げていた。

その横に倒れている死体は、パン売りの青年のものだろう。両腕と、頭が千切れて消えていた。

ヒョウエの姿はない。全身、欠片《かけら》も残さずに、チリになって消えていた。

「……………」

コリオはその姿を見ながら、しばし呆然《ぼうぜん》としていた。

路地のほうがざわついている。爆音を聞いた人々が集まって来るようだった。

「逃げよう、コリオ」

コリオとレーリアは、路地とは逆の方向に走った。こちら側にはほとんど人がいなかったため、コリオたちの姿を見つけられることはなかった。

少し走った後は、何食わぬ顔をして歩く。走っていると怪しまれるからだ。


しばらく歩いて、二人は立ち止まった。

レーリアは、振り向いて、後ろを見た。爆発のあった場所は、もう遠く離れている。人々は、何もなかったように普通に歩いている。爆発のあったことも知らないのだろう。

「ここまで来れば、安心かな」

と、コリオは言った。レーリアは、何も言わなかった。

「どうした、レーリア」

「なあ、どうすればいいんだ？」

「何を」

「どうすればいいんだ？　泣けばいいのか？　でもあいつのために泣けるほど、俺はあいつを知らないんだ。会ってまだ、何も話してないんだ」

レーリアの言うとおりだった。三人が出会ったのは、この町に向かう途中でのこと。会話したことは、数えるほどしかない。

「どうすればいいんだ。コリオ」

コリオは、少し考えて、答えた。

「ハミュッツ＝メセタを殺そう」

「なんだよそれ」

「あいつのことは、もういい。ハミュッツ＝メセタを殺すんだ」

レーリアは、拳で壁を打った。

「……そりゃ、そうだけど」

「どうせおんなじだ。この胸の爆弾で、ハミュッツ＝メセタを殺して、俺たちは死ぬんだ」

「………そうだけどよ！」

レーリアは、もう一度、壁を打った。少し壁がゆれ、レーリアの手に血がにじんだ。

「そうだけどよ…」

レーリアは、それだけ言って、黙った。


しばらく、レーリアとコリオは、何も言わずにそこに立ち止まっていた。

どれほど、時間が経《た》ったか。

薄く空が赤みはじめるころ、レーリアは口を開いた。

「なあ、コリオ。疑問に思ったことないか？」

「何を」

「理由ぐらい知りたくないか？」

「何の」

「俺たち、どうして、ハミュッツ＝メセタを殺さなくちゃいけないんだ？」

レーリアは、胸の爆弾を押さえて言った。

「そんなことは知らない」

コリオは答えた。

「俺たちに、命令を下している奴らは誰なんだ？　俺たちの記憶を奪い、爆弾を埋め込んだ奴は誰なんだ？」

「そんなことは知らない。ハミュッツ＝メセタを殺すんだ」

「……なんだよ、それ」

「ハミュッツ＝メセタを殺すんだ」

レーリアは、胸を押さえ、苦しそうに顔をゆがめる。

「ハミュッツ＝メセタを」

「もういい」

それっきり、レーリアは黙り込んだ。

「ハミュッツ＝メセタを殺すんだ」

レーリアは、何も答えなかった。

「戻ろう」

コリオは言った。レーリアは黙って歩き出した。

コリオはハミュッツ＝メセタを殺す理由を知らない。
誰に命令されて、ハミュッツ＝メセタを殺すのかも知らない。
自分たちが何の組織に属しているのかも知らない。
疑問に思ったこともない。
それでいいとコリオは思っていた。
疑問に思ったことのない、自分を誇りに思っていた。
爆弾は疑問を感じない。
爆弾は好奇心を抱かない。
ハミュッツ＝メセタを殺して、自分も死ぬ。
それが爆弾の全てだと思っていた。
そう思っている自分を、正しい爆弾だと、優秀な爆弾だと思っていた。
自分は、人間じゃない。
爆弾だ。
コリオは、それだけを思って生きていた。

第二章 爆弾と姫様とさまざまな人

コリオたちは宿に帰ってきていた。

町の外れで起こった爆発と、コリオたちを関連付けて考える人はまだいないようだった。宿に来客はなく、監視するものもいなかった。

コリオとレーリアは、黙り込んだまま、ベッドに腰を下ろした。

「ハミュッツ＝メセタは、図書館にいるらしい。コリオ。これからどうする?」

コリオは迷いなく答えた。

「ここでハミュッツ＝メセタを殺すように言われたんだ。ここで殺そう」

「……そうだな」

そう言って、レーリアはベッドにもぐりこんだ。

「寝る」

コリオは返事もしなかった。

レーリアは、寝つくつもりなのだろうか。それとも、ただ横になっているだけなのか。コリオにはどうでもよかった。

「……んん？」

ベッドに腰を下ろしたコリオは、ズボンのポケットに何か入っていることに気がついた。

後ろを振り向くと、ズボンの尻《しり》ポケットから、透明な石の板が覗《のぞ》いていた。『本』だった。

いつの間にこんなものが、とコリオは驚き、すぐに気がついた。

「……そうか」

あのもぐりの『本』屋が、勝手にポケットにねじ込んだのだ。

勝手に持たせておいて、金を要求する気だったのだろう。コリオは『本』を捨てようと思い、取り出した。

コリオは知らなかった。『本』は触った相手に、記憶素子《そし》を流し込む。記憶素子は、持った人の脳の中で複製され、脳に定着する。

それが『本を読む』といわれる状態だ。『本』に触るときは、手袋をして触らないと、その場で『本』が『読めて』しまう。

コリオの目の前の景色が、一変した。

その瞬間の驚きを、なんと表現したらいいものか。

目が存在していないはずの風景を映し出し、薄汚いベッドの感触が、体をなでる風に取って代わられた。

『本』の中でコリオは体を失っていた。目と耳と肌《はだ》だけが本の中にあった。あらゆる角度から、その風景を見、あらゆる音を間近に聞いていた。

夢を見ているようだと、コリオは思った。

『本』の中は夕暮れだった。なだらかな丘がどこまでも続くその向こうに、沈んでいく夕日が、存在しないコリオの目に映った。

「なぜだ」

野太い男の声がした。

「理由などありません」

か細い女の声がした。

「あらかじめ全《すべ》てのものは終わっているのです」

「なぜだ」

「五十年の全てを戦いに捧《ささ》げ、五十年間のひと時も休まずに強くなり続けたあなたが、このスミレの茎《くき》のような細い腕に、このわたしに敗れる。しかしどれほど理不尽《りふじん》なことであっても、それに理由などないのです」

「………な、ぜだ」

「シュラムッフェン。常笑《とこ》いの魔刀」

針金のように細い剣が、振り下ろされる音がした。男の胸から、肺の中の空気が漏《も》れ出す音が響いた。

夕暮れの中で、一人の男が倒れ伏し、一人の女が悲しげにそれを見つめていた。男の手は絶命してなお鉄槍《てつやり》をかたく握りしめていた。

夕暮れのなかの二人の姿は赤く、赤く、今にも燃え上がって灰になってしまいそうだった。

女は男の死体を見下ろして言った。

「哀《あわ》れな人ばかり」

女はそう言って、そのか細い剣をひと振りした。刃《やいば》を濡《ぬ》らしている血が舞い散った。白い手袋にほんの少し、返り血が付着した。

肘《ひじ》のあたりまである絹《きぬ》の手袋も、スカートが大きく広がった豪奢《ごうしゃ》なドレスも、澄《す》み切った空に浮かぶ雲のように白い。そして空の雲と同じように、夕日の光に染まっていた。

頭の上につばの広い帽子を載せ、それもまた白い。帽子には蠟《ろう》で固めた本物の白百合《しらゆり》の花があしらわれていた。

女の顔は、帽子に隠れて鼻から下しか見えなかった。

三百年ほど前だろうと『本』屋が言っていたことを、コリオは思い出した。

現代のような蒸気機械や銃はなく、馬と、剣と、魔法が世界の主役だった時代だ。人民議会や共和政府ではなく、王と貴族と騎士が世界を治めていた時代だ。

この時代は、今よりも遙《はる》かに魔法が発達していたという。

現代では、魔法より遙かに便利な機械の力に押され、魔法は廃《すた》れている。普通に暮らしていて、魔法使いに出会う機会はほとんどない。魔法使いは特別な技術者や武装司書などの極《きわ》めて限られた人の中にしかいない。

しかし、この時代には強力な魔法使いが数多くいたという。

もしかしたら、この女性は魔法使いかもしれないとコリオは思った。

「ご覧《らん》になっていたのですね」

と、女は言った。声が意外と若いことにコリオは気づいた。コリオと同年代か少しばかり上の、少女といっていい年頃の声だった。

少女は右手の剣を眼前にかざした。

異様な剣だった。

柄《つか》は蜘蛛《くも》を模《も》していた。精巧《せいこう》に作られた八本の足の間に、少女の手があった。節《ふし》くれだった蜘蛛の足は絹の手袋を切り裂き、少女の指に血をにじませていた。

刀身《とうしん》は蜘蛛の尻から生《は》えている。蜘蛛の糸を模しており、蜘蛛の糸のように細かった。

少女は語りだした。

「この剣は常笑いの魔刀シュラムッフェン。この世に七つだけ残っている『追憶の戦機』の一つです。残された七つの中でも最も思慮《しりょ》浅く、血を好む武器と言われています。『追憶の戦機』とは、遙か昔の楽園時代、神々が用いていた武器のこと。このシュラムッフェンは、司書天使のなかの懲罰《ちょうばつ》執行者が用いていた武器です」

少女の言葉に、誰が返事をするわけでもない。しかし、彼女は語り続ける。

「『追憶の戦機』は全て、神々の力を込められ、常世《とこよ》の呪《のろ》いがかけられています。わたしはこれを壊すことができません。この世の誰にもできないでしょう。わたしに代わる誰かを得てしまいます。たとえどこかに捨てたところで、剣は必ず持ち主を呼び、わたしに代わる誰かを得てしまいます。わたしの無力をどうかお許しください」

剣——常笑いの魔刀シュラムッフェンの刀身が、するすると柄の中に引き込んでいった。

「ところで、わたしの話をしてもよろしいでしょうか」

と言って、少女は帽子を取って、投げ捨てた。彼女の髪の毛が開放され、舞い降りる蝶《ちょう》のようにふわりと背中に落ちた。

奇妙な髪の毛だった。その色を、なんと形容すればいいのだろうか。

全体は栗色《くりいろ》。しかし、ある部分は白く、ある部分は黒く、まだらの模様を成《な》していた。まるで三毛《みけ》猫の毛並みのような色だった。

優しい風に、少女の髪の毛が舞った。

少女は瑞々《みずみず》しい、穏《おだ》やかな顔を、赤い光に向けて目を閉じていた。

表情は、悲しく、そして美しかった。

「思えばこの力を得てから十八年間。わたしが救えた人の数に比して、傷つけた人のなんと多いことか。

本当は、誰一人傷つける必要はなかったのに」

コリオは思った。少女は誰に語りかけているのだろうか。

「傷つけたことを、後悔しながら、人の命を奪い続けた自分をとがめながら、わたしは何一つ意味あることを、成してこなかった。

苦しむものに手を差し伸べることもせず、暗い部屋の中で罪の意識に苦しんでいた。

傷つけることを恐れながら、それよりも自分が傷つくことを恐れていた。

富を追い求め、自身の欲望に盲従《もうじゅう》し。

我欲《がよく》。貪欲《どんよく》。臆病《おくびょう》。怠惰《たいだ》。

それだけがわたしの全てでした。

わたしを哀れんでいるのでしょうか。

それとも見下しているのでしょうか。

どちらでも、構いません」

「ただ、わたしは、あなたとともにいたい。

遠く離れていても、わたしの欠片《かけら》があなたのそばにあるのなら、わたしはそれだけで。そう、それだけで」

少女は歩き出した。

「わたしの言葉が届く時。

大切な人が、大切な人を、失った場所に行ってください。長い間、求めていたものがあなたの背中を押すでしょう。

ほんの片時、風がやむ一瞬。

迷わずに走ってください。

そう、わたしもです。わたしもあなたを……そう、ありがとう。ほんとうに。幸せです」

彼女は、すこし間を置いて、言った。

「多くの名で呼ばれました。今も、これからも。救国の聖女。常笑いの魔女。かつては三毛ボンなんて名前で呼ばれたこともあります。でも、わたしはやはり、本当の名前で呼ばれたい」

少女はほんのわずか、笑ったように見えた。その笑顔は恥《は》ずかしそうな、かすかな笑顔だった。

夕暮れはやがて、藍色《あいいろ》の天幕に取って代わられる。

三日月がいつの間にか、中空に浮かんでいた。

世界がぶつりと断ち切れるように、コリオは現実世界に引き戻されていた。


場所は、宿の一室。ベッドの上である。

どれだけの時間が過ぎたのだろうか。

コリオは尻のポケットの中から『本』の欠片《かけら》をつまみ出そうとしたまま、固まっていた。外は日が暮れかけ、宿のおばさんが洗濯物を取り入れている。

コリオはシャツの袖《そで》を伸ばして手を覆《おお》い、それで『本』をつまみ出した。今度は何事も起こらなかった。

コリオは『本』をまじまじと見つめた。心臓が高鳴っていた。

彼女の悲しそうな笑顔が、強く、強く印象に残っていた。

コリオは辺《あた》りを見渡した。気分がそわそわして、落ち着かなかった。

何か今、重大なことが起きたような、いますぐ何かしなくてはいけないような気がして、コリオは立ち上がって、部屋の中を歩き回り始めた。

「……………なんなんだろう」

コリオは呟《つぶや》いて、ベッドに置かれた『本』をまじまじと見つめた。

それにしても、奇妙な『本』だった。言っている意味がわからない。そもそも誰と話していたのだろう。独《ひと》り言《ごと》にしては、あまりに異様だ。

思えば、彼女の名がわからない。本名で呼んでほしいと言っていたが、その本名がわからない。あだ名ならいくつか言っていたが。救国の聖女。常笑いの魔女。三毛ボン。どれも違うような気がする。三毛ボンは特にひどい。

彼女をなんと呼ぶべきなのか。

コリオはしばし考えた。

三毛猫の色の髪の毛の姫様。長すぎるし、語呂《ごろ》もよくない。

三毛猫の髪の姫様。まだ長い。

猫色の髪の姫様。猫色の姫様。そうだ。これがいい。

「猫色の姫様」

と、口に出してみた。

名前をつけただけで、なんだか急に、彼女が近くにいるように思えた。

コリオは、布袋を取り出し、一番底に『本』を収めた。

レーリアは、寝ている。何も気がついてはいないようだ。


時間は過ぎていく。レーリアは起きない。

コリオは一人で夕食をとることにした。宿の一階にある食堂に向かう。今、安宿に泊まっているのは、コリオたちだけだった。

宿のフロントを兼《か》ねた狭い部屋に、木の机が一つ。どうやらこれが食堂のようだ。コリオは無言でそこに腰を下ろす。

宿の女主人は、近所の人と井戸端《いどばた》会議に興《きょう》じていた。コリオが来ると、女たちはいっせいにコリオを見て、話しかけてきた。

「ねえ、坊やは何か知らない？」

「……なんのこと？」

コリオは聞き返した。顔を見るなり、何か事件が起きたことがわかった。ヒョウエのことを疑っているのではと、コリオは不安になった。

ここで自分たちの正体がばれたら、ハミュッツ＝メセタを殺すのが難しくなる。

しかしおばさんが持ち出したのは、ヒョウエのことではなかった。

「今日の昼過ぎ、騒ぎがあったでしょう。武装司書の人がね、一人殺されたらしいのよ」

「……ハミュッツ＝メセタ？」

武装司書と聞いて、コリオは動揺し、思わず聞き返した。コリオは、武装司書の名前を、ハミュッツ＝メセタしか知らなかった。

「そんなはずないでしょ、あれよ。館長の部下の、その、なんだっけ、そうルイモン。ルイモンさんよ」

ルイモン。初めて聞く名前だった。ハミュッツ＝メセタの部下だという。もしかしたら、あの大男かもしれないと、コリオは思った。

「……どうやって？」

「わかんないけどね、爆弾だっていうのよ」

コリオの心臓が一瞬跳《は》ね上がった。幸いそれを気取《けど》られることはなかった。

宿のおばさんには、コリオとの雑談に興じる意思はなかった。彼女たちは彼女たちで勝手な憶測《おくそく》話を進めていた。

コリオはパンとスープと固く焼いた肉切れを皿にもらい、一人で食べ始めた。

窓の外を見ると、夕暮れの町の中を、あわただしく人が動いていた。埃《ほこり》にまみれたこの町では、夕暮れも埃まみれだった。

東の山に沈む太陽は、灰色の空をほんの少し赤く染めることしかできていなかった。

この町は、薄暗い。

鉱山から立ち上る煙が、町を覆いつくしているのだ。

『本』の中の夕暮れを思い出したコリオは、この町がどれほど薄暗かったかということに、いまさらのように気がついた。

スープの中にスプーンを突っ込んだまま、コリオは夕暮れを呆然《ぼうぜん》と眺《なが》めていた。

灰色の空の向こうにある夕日の色を、コリオは夢想《むそう》した。なぜ、そんな気分になっているのか、コリオにはよくわからなかった。


少し、時間が前後する。

ヒョウエ＝ジャンフスとパン売りの青年が絶命した、少し後のことである。

武装司書ルイモン＝マハトンは、正午の町を歩いていた。

ルイモンは巨大な男である。上半身の鎧《よろい》のような筋肉。丸太並みの太さのもも。はちきれそうな肉体を、灰色の背広とアイロンのよくかかったシャツに包んでいた。

服装だけなら、どこかの企業に務める月給取りに見える。しかし、その肉体と、腰に差した巨大な銃が普通の人間とは一線を画《かく》している。その銃把《じゅうは》に彫《ほ》られているのは、この世で知らない者のない、武装司書の紋章《もんしょう》だ。

ルイモンは巨大な銃を揺らしながら、鉱山から降りる道を歩いていた。

彼はさっき捕まえたもぐりの『本』屋を、町の保安官に引き渡してきたところだった。今ごろ油を絞《しぼ》られているころだろう。

『本』の密売は、もっと積極的に取り締まるべきだとルイモンは思っている。『本』は複製ができない。一つ一つが換えがたいものなのだから、図書館で管理しなくては、流出したり失われたりするばかりだ。

とはいえ、『本』の密売は今の仕事とは関係ない。今は今の仕事に専念しようと、ルイモンは思った。

ルイモンは酒場と飯屋《めし》を兼ねた店に入り、昼食をとることにした。懐《ふところ》から銀の懐中時計を取り出して、時間を見る。ちょうど十二時。いい時間だった。

ルイモンはカウンターに座り、十キルエ紙幣《しへい》をカウンターの上に置く。

「チキンステーキと、香草《こうそう》とコーンのサラダ」

「付け合わせは？」

「フライド……いや、マッシュドポテト。大盛りで」

ルイモンの大きな体は、カウンターの小さなテーブルに余っていた。

「大盛りって、こんなもんか？」

「いや、もっと大盛り」

ルイモンの体を見て、料理を作りながら、飯屋の主人が驚嘆《きょうたん》の声を上げる。

「お客さんでかいねえ、どんだけあるんだい」

ルイモンは、すぐさま答えた。

「十六ライラと半ラアリ。二十一と三分の一トホラ」

「あ、メートル法で言ってくれるか？」

「ええと」

ルイモンは頭の中で計算した。一ラアリがだいたい二センチで、一ライラが一ラアリの六倍だから、十二をかけて一九三。一マチが十五グラム、一マタンがその七倍、一トホラが七倍の七倍だから……。

「一九三センチと、一一〇キロぐらいかな」

「はああ、たいしたもんだ」

ルイモンを眺めながら、親父《おやじ》は驚いた。

最近は昔ながらの単位であるライラ法よりも、科学庁が考案したメートル法が主流になってきている。六か七の累乗《るいじょう》形式で桁《けた》が上がっていくライラ法より、十進法のメートル法が便利なのは、ルイモンにも理解できないことはない。

魔法を使う者にはライラ法のほうがずっと便利なのだが、そういうことは普通の人には関係ないのだろう。

「はいお待ち」

と、そんなことを考えているうちに、料理が出来あがった。料理を見た瞬間、腹がいい音を立てて鳴った。

「いただきます」

ルイモンがうずたかく盛られたマッシュドポテトに、フォークを突き入れたそのとき。

精神が向けられた殺気に反応した。

ルイモンの体が緊張し、肉体が戦闘体勢に移行した。

「……」

しかし、ルイモンは動かない。後ろの敵に付け入る隙《すき》を与えるためだ。

ルイモンはマッシュドポテトを口に運びながら、心の中でほくそえんだ。

敵を探す手間が省《はぶ》けたからだ。長い間膠着《こうちゃく》していた仕事だが、今日は進展がありそうだ。

「ん、うまいうまい」

背中で感じるに、今後ろにいる敵は素人《しろうと》だろう。二人か三人。襲《おそ》ってくる気満々だ。

もうすぐ来るな、とルイモンはステーキを切り分けながら思った。

来る。

瞬間。

ルイモンの手がナイフから離れ、独立した別の生き物のように、腰の小銃にかかった。

銃身を切り詰めた小銃を、ルイモンは右手に抜いた。

先端に取り付けられた銃剣が、油の乗った刀身を輝かせた。すでにそのときには、状況の把《は》握《あく》は済んでいる。

彼の体に染《し》みついた経験が、的確に彼の体を動かした。

「ふっ」

銃剣が甲高《かんだか》い金属音を立て、左手の肘がうなる。男の手からナイフが落ち、女の体が崩《くず》れ落ちた。手首を返して銃の持ち手を変え、ナイフを拾おうとした男の鳩尾《みぞおち》に、銃把を叩《たた》き込んだ。そこまでが一動作である。よどみも迷いもない。

女は一撃で完全に失神し、男は口から垂《た》れ下がる吐瀉物《としゃぶつ》とともに倒れこんだ。

「う、わああ」

店の親父がわめいたころには、もう仕事は終わっている。ルイモンは、銃を腰にしまった。そしてこの状況を、どう説明したものかと悩んだ瞬間。

ルイモンの人生は終わった。

女の後ろで、胸の真空管を砕《くだ》いた子供の姿を、見ることなく彼は人生を終えた。苦痛を感じる暇《ひま》もなく、彼の脳は活動を停止した。

後ろから迫った爆風はルイモンの巨体を押しつぶした。誘爆した残り二人の爆弾が、もはや絶命していたルイモンを粉々に消し飛ばした。

三人分の爆弾は、店の全てと、その隣の家の半分を砕くに、十分な破壊力を持っていた。店の中の目撃者も、ルイモンが持っていた重要な任務も、何もかも吹き飛ばして消し去った。

いまさらながらのように、外で悲鳴がとどろいた。

その日の夜。

目を開けたレーリアは、部屋にコリオがいないことに気がついた。

なにか、ごそごそやっている物音は耳にしたが、それ以上のことは知らない。

体を起こし、はれぼったい目をこすった。埃くさい町の空気は、目にもよくないようだった。

ベッドの中で、レーリアは昔のことを思い出していた。ヒョウエたちに話したことや、他のいろいろなことだ。

レーリアには、記憶が残っている。ヒョウエやコリオは、ほとんど何も知らないようで、例外はレーリアのほうだ。

覚えている記憶といっても、わずかなものだったが。

子供のころの記憶はない。

母と、父の記憶。家族の記憶。乳を吸った記憶。歩き始めたころの記憶。

どれもレーリアには、ない。

最初の記憶は、石の部屋。

床に触れている膝《ひざ》と頭が、とても冷たかったことを覚えている。石の床の中にうずくまっていたのが、レーリアの最初の記憶だった。

周りに人がいた。二十人か三十人。あとで数えたところ、二十七人だった。彼らは石の床の上に腰を下ろしてうずくまっていた。

レーリアたちは、石造《いしづく》りの部屋に閉じ込められていた。

子供も大人も、男も女も、その部屋でひとまとめにされていた。レーリアはそのとき立って歩け、目も見え、言葉も知っていた。

そのときの歳《とし》は十歳ほどだっただろうか。

その部屋に入る前に、どこにいたのか、なぜここにいるのか。記憶はなかった。記憶は喪失《そうしつ》したのか、抹消《まっしょう》されたのか。今までずっとここにいたのか、どこからかここに連れてこられたのかそれすらわからなかった。なりふりかまわず周りの人に聞いたが、誰もわからず、誰もわかろうともしなかった。

そこは異様な部屋だった。誰一人として仕事をせず、だらだらと寝そべって生きていた。食事は床にぶちまけられたパンくずを拾って食うだけ。あるものは床の上にうずくまったまま黙り込んでいて、あるものはぶつぶつと独り言を言いながら壁に頭を打ちつけ、あるものは架空《かくう》のさいころを使って、架空の金をかける賭《か》けだけを生活のすべてとしていた。

日付の感覚はなく、曜日の感覚も時間の感覚もなかった。

服を着た家畜。

レーリアたちを端的《たんてき》にあらわすなら、それだった。

コリオと、ヒョウエのことは知らないが、おそらく同じような部屋がいくつもあって、レーリアと同じ、服を着た家畜だったのだろうと思っている。

長い時間が、無為《むい》に過ぎた。

レーリアは何度も壊れかけた。自殺しようとしたこともあった。

しかし、何の因果《いんが》でかはわからないが、レーリアは正気を保ったまま生きてこれた。

十年も、過ぎただろうか。レーリアのところに一人の男がやってきて、部屋から連れ出した。

　そして、別の部屋にレーリアを案内した。

　移動する途中、廊下の窓から海が見えた。

　連れて来られた部屋には、白衣を着た男が数人いた。医者、というものなのか、魔法使いというものなのか、レーリアには区別がつかなかった。

「お前は何だ？」

　その中の、一人が言った。

「……………人間だ」

　レーリアは答えた。

「違う。お前は人間じゃない」

「なぜ？」

「人間が何なのかお前にはわかるか？」

　レーリアは答えられなかった。

「教えてやろう」

　白衣の男は、縄を取り出し、レーリアを縛《しば》って床に転がした。

「……………クルケッサに渡すのはこれだけか？」

「ああ。あとは使えねえ」

「そうか。壊れたらどうするんだ」

「エサだ」

レーリアを見下ろして、男たちは、そんなことを話していた。

「なあ、あんたら、何なんだ？」

「けけ、知りたいか、教えてやるよ」

「俺たちはな………神溺《しんでき》教団」

「なんだ、それは」

レーリアが聞くと、男の一人が答えた。

「一口では答えられねえなあ。どこから話せばいいものか」

「………最初から話してほしい」

「じゃあ、神様の話からだ」

そう言って、男は『始まりと終わりの管理者』の話をはじめた。世界創造の話。世界管理者の話。バントーラと司書の話。

そこから、記憶はおぼろげになっていく。

目を覚ますと、胸に爆弾があった。

何かを、奴《やつ》らは話していたのだ。

そのことを、レーリアは思い出せない。

そういえば、コリオは、何をしているんだろう。夕食を食っているのか。それにしては遅すぎる。

「機会は、今だけかもしれない」

レーリアは口に出して呟いた。

コリオは夕食を食べ終えた後、散歩に出かけた。

外に用事があるわけではないが、中にいてレーリアと話す気にもならなかった。

ルイモン＝マハトンを殺したのは、コリオたちの仲間なのだろう。歩きながらコリオは思った。もしかすると、会ったことがある奴なのかもしれない。

コリオと同じように、自分たちが人間じゃないことを知らされた人たちなのだろう。

「……人間」

ちらほらと明かりの灯《とも》り始めた町の中で、コリオは呟いた。

きっとルイモン＝マハトンなる男も、人間じゃなかったのだろう。

人間なら傷つけられはしない。人間を傷つけることは許されない。人間は、幸福に、愛し、愛されて生きるものだ。

つまり、傷つけられたり、幸せでなかったりするものは、人間ではないのだ。

人間の形をしているが、本質的には人間とは違うくだらない存在なのだ。

そう、コリオは思っている。

道を子供たちが走っていた。

かつての自分を思い出して目を細めるような気持ちにはならなかった。楽しそうな姿に思わず口元がほころぶようなこともなかった。ただ、何の感情もなく、子供たちを眺めていた。コリオは「楽しい」という感情を知らない。

それは、彼が人間でないことの証《あかし》であると、コリオは思っていた。

ハミュッツ＝メセタも人間ではない。人間ならば、殺されたりすることはない。

この子供たちは、わからない。人間なのか。人間ではないのか。

子供たちはいなくなった猫を探して壁の穴や木の陰《かげ》を、探し回っている。

ならば、とコリオは思った。

あの、猫色の姫様は人間なのだろうか。

コリオはしばし考え、きっと人間なのだろうと思った。

彼女の美しく、気高い姿を思い起こしたとき、彼女が人間じゃないとはどうしても思えなかった。


日は沈み、町に灯《ひ》が灯り始める。ガス灯のおぼろげな明かりに、小さな羽虫《はむし》が引き寄せられていく。路地の裏までもガス灯の明かりは行き渡り、町は灰色の夕暮れより、むしろ明るくなった。

散歩中のコリオは、鉱山から帰る人の群れとは逆方向に歩いていた。今日歩いた、あの路地に再度コリオは足を向けていた。理由はわからない。知っている道がこの辺りしかないということも理由の一つだ。

朝には眠っていた町が、今は目覚めている。

小さな酒場に明かりが灯り、中から鉱夫たちの笑い声や歌声、時には怒鳴り声も聞こえてくる。

町を覆う灰と機械油の匂《にお》いに、きつい酒の匂いが混ざっている。

人々の群れの中を、あてどなく歩いていたコリオは、ふと、一人の女の子に目を留めた。道の端、ガス灯の明かりから逃げるように、女の子は暗がりに座っていた。

女の子は、じっとうずくまっていた。足元を見ているのか、それとも何かをしているのか。コリオのほうからは見えなかった。

コリオは立ち止まり、その少女の姿をじっと見た。人々は、その女の子を気に留めずに歩いて行く。彼らの肩が、コリオにぶつかり、コリオは小さくよろけた。

「……………もう無理だ」

と、突然女の子は言った。

「完全に出なくなった」

と言って、彼女は目をこすって立ち上がった。その顔をコリオは見た。

白目が血に染まっているように見えるほど、彼女の目は真っ赤だった。目の周りが黒く汚れ、何度も何度もぬぐった跡《あと》が見えた。

「涙が出尽くすことってあるのね。本当に。あはは、知らなかった」

女の子は笑った。感情の伴《ともな》わない、顔の皮膚《ひふ》と声だけの笑い声だった。

「この辺の人？」

女の子は言った。

「……」

コリオは何も言わない。

「ねえ、この辺の人?」

「……」

「………あのさ。君に話しかけてんのよ」

そこでコリオはようやく、話しかけられているのが自分だということに気がついた。

何のために自分に話しかけているのか理解できなかった。コリオは返事ができず、立ち尽くしていた。

「変な人」

女の子は、コリオの顔を眺めた。必然的にコリオも、女の子の顔を眺めることになる。薄暗い明かりを頼りに、二人は向き合う。

ごく普通の顔だった。美人でも不美人でもなく、これといった特徴があるでもない。服は安物の白いドレスの上に白い木綿《もめん》のケープを羽織《はお》っていた。おしゃれのためではなく、純粋にまだ一枚では寒いから羽織っているのだろう。飾り気のない、ごく普通の女の子だった。

コリオは彼女の容姿から、何の感情も突き動かされなかった。目と、鼻の頭が真っ赤だということしか、目についた部分はなかった。

彼女も、コリオの容姿から何の感情も突き動かされなかったようだった。コリオは背の低い、ただの少年である。

「君に質問」

「……なに？」

「あ、初めて話してくれた」

と、女の子は少しだけ微笑《ほほえ》んだ。

「……好きな人が死んだら、どうすればいいか知ってる？」

「さあ」

「……そうだよね」

と言って、女の子はまたしゃがみこんだ。そして、コリオの見ている前で、ゆっくりと啜《すす》り泣いた。

しばらくして、彼女は泣き止《や》んだ。

「……ありがと。楽になった。誰でもいいから、いてくれたほうが、楽だよ」

と言って、彼女はしゃくりあげた。コリオは親切で彼女のそばにいたのではなく、どこにも行くあてがないからいただけだった。そもそもなぜ楽になったこととコリオが関係あるのかがわからなかった。

「………君は何をしているの？」

と言いながら、女の子は立ち上がった。

「…………」

ハミュッツ＝メセタを殺すことを、この女の子に話す理由はないと判断した。ではそれ以外に自分は何をしているのかと考えると、答えはほとんど何も思い浮かばなかった。

「人間について考えている」

「……気宇壮大《きうそうだい》だね」

女の子の言葉の意味は、またしてもコリオにはわからなかった。

コリオは尋ねた。

「死んだその人というのは、人間なの？」

「当たり前。人間じゃない人がいるの？　魔法天使？　司書天使？　それとも古代の神様？　メルヘンの読みすぎだよ、君は」

今一つ、言っていることがわからなかった。コリオはとりあえず、聞いてみた。

「人間なら、愛されて生きるものだ」

「そうだよ。好きだったよ。大好きだった」

「……そう」

会話が嚙《か》み合っていないと、コリオは思った。

「君、名前なんていうの？」

女の子は聞いてきた。答えてもかまわないとコリオは判断する。

「コリオ＝トニス」

「普通の名前だね。あたしも普通の名前だよ。イア＝ミラっていうの」

イア＝ミラは、目をぬぐいながら言った。

「あの人も普通の名前だったわ。

カートヘロ＝マッシェアっていうのよ。道でパンを売るのが、仕事だったわ」

「え？」

コリオは、聞き返した。

「知ってるの？　カートヘロのこと」

「………いや、知らない」

コリオは女の子――イア＝ミラの弔《とむら》い人が、ヒョウエの巻き添えになって死んだ、あのパン売りの青年なのだということに気がついた。

コリオはパン売りの男の顔を思い出そうとした。

しかし、曖昧《あいまい》な記憶しか浮かび上がってこなかった。

「君は人間について考えてるのね？」

イア＝ミラは言った。コリオは頷《うなず》いた。

「君は人間の何を考えているの？　君だって人間じゃない。自分のこと考えれば？」

「………俺は人間じゃない」

そう言った瞬間、コリオはいきなり手首をつかまれた。心臓が止まるほど、驚いた。

イア＝ミラはコリオの手首に指をあてて、拍子抜《ひょうしぬ》けしたように言った。

「なんだ。脈あるじゃん。びっくりした、ほんとに人間じゃないのかと思った」

コリオの手を放して、イアは言った。

「人間だよ、君は。よかったね」

イアは快活《かいかつ》にしゃべっているように見える。しかし、それは快活にしゃべることで心を紛《まぎ》らわせているのだということが、コリオにはわかった。

「俺は人間じゃないよ。人間っていうのは」

その瞬間、あの猫色の姫様の姿が、コリオの心の中にありありと浮かんだ。あの衝撃も、感動も、夕日の美しさまで、あの最初の一瞬のままに思い出された。

「……………そう、もっと、違うものだよ」

「……………ふうん」

イアは、ごく普通にしゃべっているように見えながら、言葉が詰まると、とたんに悲しそうな顔を覗かせた。それを見ながらコリオは、カートヘロが、人間だったのか疑問に思った。愛され、愛し、幸福に生きるのが人間なら、彼は人間だったのだろうか。

「カートヘロのことが聞きたい」

コリオは言った。イアは驚いた顔をした。

「どうして」

「……………なんとなく」

「不思議な人。そんなこと言ったの君が初めて」

「なんでもいい。聞きたい」

イアは少しコリオのことをいぶかしんでいる様子ではあったが、話し出した。

「最初に惚《ほ》れたのはあたしだった。一目惚れだったよ。ねえ、一目惚れって信じる？」

「いや」

どうでもよかった。イアは続けた。

「あるよ、一目惚れって。

でも、一目惚れがあるって思ってない人は、一目惚れだって気がつかないね。しばらくたってから、ああ惚れてるんだなあって気がつくの。

あたしもそうだった。いるはずのない場所にね、カートヘロの姿を探してて、自分何してんだろ、って思った瞬間、わかったの。一目惚れなんだなあって」

「……そう」

ことさら無視はしていないが、本腰を入れて聞いてもいない。コリオは曖昧な返事を返した。

「カートヘロは、お父さんがいなくて、お母さんと二人暮らしだったの。でもお母さんもそのとき死んじゃって、それまではすごくお母さんのために頑張ってたんだけど、それで何にもやる気しなくなっててね、たまたまあたしと会ったのがそんなときだったの」

それから、イア＝ミラはカートヘロとの思い出を語り続けた。古いなじみではないという。イアのほうが一つ年下で、付き合ってから二年と半年だという。

先に話しかけたのはカートヘロのほうで、告白したのはイアからだという。

二人はまだ結婚していないが、もう少しお互いの生活が安定したら、結婚するつもりだったという。来年の夏頃まで頑張れば、カートヘロが店を持てる金を、二人でためられたと、イアは言う。二人とも頭はあまりよくないと、自他共に認めていたという。学校にも行けなかったという。だが頭が良かったり、少し金持ちだったりするだけの相手より、カートヘロでよかったとイアは言った。

総括する。

イア＝ミラとカートヘロ＝マッシェアの二人は、きわめて平凡な人間であり、平凡に出会って恋をした。生まれたドラマも、得た喜びも乗り越えた苦しみも、きわめて平凡なものであった。

コリオは、ただじっと、イア＝ミラの話を聞いていた。

語ることは、いくらでもあるのだろう。だが時間には限りがある。

することのないコリオと違って、イアには仕事もあるし、やらなくてはいけないこともたくさんあるのだろう。

しゃがみこんで話していたイアは、立ち上がって言った。

「……じゃ、仕事行くから。カートヘロが死んでも仕事はあるし、お金を稼《かせ》がなくちゃ生きてけないし」

「そう」

「じゃあね」

そう言って、あっさりと二人は別れた。

時刻は夜中である。歓楽街で行う、この時間帯に始まる仕事といえば、大体の内容はわかる。世間《せけん》知らずのコリオにすらわかる。だが、そんなことはどうでもよかった。

「人間、か」

結論はいまだ遠い。方向性すら漠然《ばくぜん》としたまま、疑問は心の中に取り残されていた。

風が、少し出てきた。


トアット鉱山から遠く離れた、世界の裏側に近い海の上に、一つの島が浮かんでいる。

大きい島ではない。形は、コンパスで描いたような完全な円形。森も山もなく、いくつかのなだらかな丘だけでできた島である。

島のちょうど中心部にある丘の上に、高い塀《へい》に囲まれた巨大な城があった。

白いレンガ造りの、古風な城である。造られてから何年経《た》つのか。絡《から》みついたツタは、巨大な城の尖塔《せんとう》の先までたどり着いている。城に降り注ぐ太陽の日差しは柔らかい。空も風も創造者に拍手《はくしゅ》を送りたくなるほど朗《ほが》らかである。一枚の、品の良い油絵のように、その城は丘の上に建っていた。

城の名を、神立バントーラ図書館という。遙か昔、世界の管理者が全ての人の過去を収めるために築き上げた、世界最初の図書館である。

地上にある城や建物は、武装司書や来訪者たちのために、人間が建てたものに過ぎない。本当の図書館は、城の真下に広がる広大な迷宮なのだが、その迷宮の詳細《しょうさい》を語るのは、またの機会においておこう。

城の最上階の中央に、三十メートル四方を超える広い部屋がある。

壁に掛かっているのは年代物の絵画。在《あ》りし日の創造神と過去管理者の姿を描いた、大きな肖像画だ。年季の入った上質な白い絨毯《じゅうたん》の中央には、錠前《じょうまえ》の紋章が織り込まれている。

部屋の中央に、一人の女性がいた。

「あー」

と、その女性は言い、自分の肩をとんとんと叩いた。

「早く殺したいわねえ」

と、その女性は独り言を言った。

「ルイモンたちはなにしてんのかしらねえ。早くしないと手当たり次第《しだい》殺しちゃうわよう」

その女性は平然と、恐ろしいことを口にした。その声には冗談の気配は感じられない。

奇妙な女性である。歳は三十に届くか届かないか。

洗いざらしのシャツに、男物のズボン。飾り気のない服を着た、ひどく地味な女性だ。黒い髪を束ねる黒いリボンと、シャツの右胸につけた、ウサギの下手糞《へたくそ》なアップリケの他にはアクセサリーは何もつけていない。化粧すらほとんどしていない。

田舎《いなか》の町で、庭の掃除でもしていそうなごくごく普通の女性である。人ごみの中で見つけようとしても、きっと見過ごしてしまうだろう。

だが、実に簡素で、ありふれているからこそ、豪華《ごうか》なこの部屋のなかではひどく奇妙である。

女性は、部屋の中央にぽつんと置かれた小さな机に向かい、書き物をしていた。

机の上には何枚かの書類と、何冊かの『本』、その横にはミルクの入ったグラスと、ペン立て。そして不思議なことに、石ころが五つ、机の上に転がっている。石ころにはどれも、武装司書の紋章が彫《ほ》り込まれていた。

その女性の名を、ハミュッツ＝メセタという。

神立バントーラ図書館館長代行ハミュッツ＝メセタその人である。

「入っていいわよう」

ハミュッツは突然口を開いた。語尾が妙に間延《まの》びした、だらしない口調である。

部屋の中には誰もいない。

少しして、ドアの向こうから声がした。

「三等武装司書ミレポック＝ファインデル入室します」

はきはきした女性の声とともに、ドアが開く。中に入ってきたのは、軍服のような服を着た少女だった。

背の高い体をすらりと伸ばし、靴のかかとをきっちりとそろえて、ハミュッツの座る机の前に立つ。

レモン色の金髪を短くまとめ、鼻筋《はなすじ》のとおった顔は、よく訓練された闘犬のように引き締まっている。服のボタンを一番上までかっちりと留め、服にはしわ一つない。見事な戦士のたたずまいである。胸には武装司書の紋章のついたペンダントが輝いている。ちなみに、紋章をつける場所は決まっていないので、武装司書たちはそれぞれ思い思いの場所に紋章を刻《きざ》み込んでいるのだ。

「ミレポがわざわざ来るってことは、悪い知らせみたいねえ」

ハミュッツが言った。ミレポック＝ファインデルは、無言で頷いた。唇《くちびる》を引き結び、強い決意を込めた目で、書き物を続けるハミュッツを見つめている。

「そのとおりです。最悪の報告です」

「なにかしらねえ」

「ルイモンさんが死にました」

その知らせを受けても、ハミュッツ＝メセタは表情を変えない。

笑っても怒ってもいない、柔和《にゅうわ》な無表情。大して面白《おもしろ》くもない小説を読んでいるときのような、何の感情もこもっていない穏やかな表情。

部下の死を耳にしながら、ハミュッツは眉《まゆ》の一つも震わせなかった。

ミレポックは報告を続ける。

「トアット鉱山の時間では本日正午………現場はトアット鉱山の飲食店です。殺害手段は爆弾……恐らく人間爆弾の自爆と思われます。

同日午後、同質の爆破事件が発生しており、トアット鉱山に敵勢力が存在する可能性はきわめて高いと考えられ、直《ただ》ちに兵を派遣《はけん》することを提案します」

「………」

ハミュッツは顔を上げない。考え事をしているようにも見えるし、書き物に夢中になっているようにも見える。

相対《あいたい》しているミレポックにとっては話しづらい。何を考えているのか、それとも何も考えていないのか、ハミュッツほど外から感情を読みとれない人物を、ミレポックはほかに知らない。ミレポックは報告を続ける。

「現在、私をふくめ四人の三等武装司書官に出撃準備を行わせています。館長代行の出撃命令さえいただければ、これから一時間のうちに出撃可能です」

「やめさせて」

ハミュッツは、平然とそう言った。

「……え？」

ミレポックは、思わず聞き返した。ハミュッツは傍《かたわ》らに置いてあったミルクのコップを手に取り、おいしそうに一口飲んだ。

「子供はおうちでお勉強よ。たのしい遠足はまた今度にしてねえ」

「代行！」

と、ミレポックは思わず机を叩く。

グラスのミルクが少しこぼれ、ハミュッツはシャツの袖で机をぬぐった。

「どういうつもりですか。ルイモンさんの敵討《かたきう》ちなのに！」

「何が敵討ちなの？」

「ルイモンさんの……」

ハミュッツは、そこで初めて目線を上げ、ミレポックの顔を見た。その目は笑っているように見えるが、表情は笑っていない。何を考えているのか読み取れない、ぞっとするような目だった。

「殺しに私情をはさむなって、教えたような気がするわねえ。ミレポはわたしの話、聞かない人だったかなあ」

「それは………」

ミレポックは、その一言で引き下がる。ハミュッツの言葉に逆らう権限もなければ、その意思もない。

「……では、どうするつもりですか」

ハミュッツは、がたりと立ち上がった。

そしてサンダルをぶらりぶらりと揺らしながら、ミレポックの横を通ってドアに向かう。歩きながらハミュッツは言った。

「質問よう、ミレポ。今すぐに動かせる手勢《てぜい》の中で」

ハミュッツは立ち止まって振り返る。

「『皆殺し』が一番上手《うま》いのはだれかなあ?」

ミレポックは答えた。

「ハミュッツ＝メセタ館長代行です」

ハミュッツは、ミレポックに振り向いて、にやりと笑った。

「そうよねえ」

その時、ミレポックはハミュッツがこうも冷静な理由を理解した。

ハミュッツ＝メセタは、その平凡な外見とのったりとした言動とは裏腹《うらはら》に、歴史上もっとも攻撃的な神の代行人と言われている。

常《つね》に先制攻撃を旨《むね》とし、単独での戦闘をきわめて好む。敵に対しいかなる譲歩《じょうほ》も取引も行わず、皆殺し以外の結末で戦闘を終結させた事例をほとんど持たない。そのあまりに好戦的な性格ゆえに、圧倒的な戦闘力を持ちながら、一度は館長代行の就任を見送られたほどの人物である。

ミレポックは、ルイモンの敵討ちのために、敵を皆殺しにすると決意した。しかしハミュッツにとってはその状態が平常なのだ。

敵は、殺す。ルイモンが死んだとしても、採択《さいたく》するべき行動にはなんの変更もない。

「マットアラストを呼んで。あと念のためボンボとマットゴーウェに帰還《きかん》命令を出しておいてねえ」

「はい」

そう言ってハミュッツは出て行く。

と、振り向いて言った。

「ミレポ、なにしてんのかなあ」

「え？」

「君も行くんだけどなあ」

「……は、はい」

ミレポックは、慌《あわ》ててハミュッツの後ろに走っていった。


部屋を出た二人は、長い螺旋《らせん》階段を降りていく。前を歩くハミュッツが、口を開いた。

「ルイモンが、死んだのねえ」

「はい」

「まあ、しょうがないわねえ。弱かったから」

ハミュッツは、いつもどおり何を考えているのかわからない口調で言った。ミレポックは、その言葉に胸が痛むような反感を覚えた。

仲間を、そして死者を冒瀆《ぼうとく》する発言を、ハミュッツは平然と続ける。

「そんな弱いなら続けられないよって言ったんだけどねえ。やっぱりそういうのって、死ななきゃわからないものなのねえ」

「…………」

ミレポックは、きりきりと胸のうちで震える怒りに耐える。

恐ろしく非情な人だとは知っている。だが、ほかに何か言い方はないのかとも思う。

「でもさあ」

と、ハミュッツは続けた。

「いい奴だったよね」

ミレポックには返す言葉が、見つからなかった。

「こんな仕事、させておくには惜《お》しい奴だったわ」

それっきり、ハミュッツは黙った。

後ろを歩くミレポックには、ハミュッツの表情は見えない。

涙をこらえているのだろうか。怒りに震える体を抑えているのか。

それとも、やはりあの柔和な無表情のままなのだろうか。

ミレポックには、わからない。

バントーラ図書館を出ると、城のすぐ裏に飛行機の格納庫《かくのうこ》と、滑走路がある。

格納庫の鉄扉《てっぴ》は開いている。そのなかで、すでにプロペラ機がエンジンを暖めていた。

ふだんは仲の悪い魔道庁と科学庁が珍《めずら》しく協力して作った、魔力エンジンのプロペラ機である。元来ハミュッツの私物だが、すでに武装司書全員の共有機のようになっていた。

燃料を注いだり、コックピットで点検をしたりする技術者に混じって、一人の男がプロペラ機の横に立っている。

黒い帽子を目深《まぶか》にかぶり、糊《のり》の利《き》いた黒いフロックコートを着た、長身の男である。亜麻色《あまいろ》の髪が黒帽子からわずかにこぼれている。

名前を、マットアラスト＝バロリー。武装司書の証《あかし》は、コートの袖のボタンに小さく輝いている。

「おう。早いわねえ」

ハミュッツが呼びかける。

「ルイモンが、やられましたか」

マットアラストが聞く。

「うん」

ハミュッツが答える。

ルイモンについてはそれっきりだった。二人はその会話にどれだけの意味をこめたのか。あるいはただ事実を確認しただけなのか。二人に比べて経験の浅い、くぐった死線の数も比べものにならないミレポックにはわからない。

「出発できる？」

「代行たちがよければできます、が」

「が、ってことは、何かあるのかなあ？」

と、ハミュッツ。

「さっき、魔道庁の予知魔法委員会に問い合わせたのですが」

「予知魔法委員会って、あのお天気予報のみなさん？」

とハミュッツが聞いた。

予知魔法委員会とは、魔法使いの総本山である魔道庁に属する、予知魔術師の連合会である。

えりすぐりの予知魔術師が集まった連合会だが、現在の主な仕事は天気予報だ。

「はい。トアット鉱山方向に、台風が近づいているようです」

「…………」

ハミュッツの表情が、わずかに曇《くも》った。彼女の表情を曇らせるものは、世界中探しても、そう多くない。その数少ないものの一つが、台風であることは誰もが知っている。

ハミュッツにとって強風は、絶対に克服できない弱点である。

「マットアラストさん。でも、トアット鉱山は台風が来ない場所では？」

後ろからミレポックが口を挟《はさ》む。

「ミレポの言うとおりです。トアット鉱山付近には強力な土性《どせい》の地盤があり、通常台風などの接近はありえません」

「で、天気予報さんはなんて言ってるのかなあ」

「今日のうちに進路を北に変えるそうです」

「それなら問題ないのでは」

当てが外れたように言うのはミレポックである。

「それはそうですが。耳に入れておいたほうがよいかと。万が一ということもあります」

ハミュッツは、少し考える。

「敵の武器が、人間爆弾だけなら、べつに台風来てても平気よねえ」

「でしょうね。代行なら素手《すで》でも勝てるかもしれません」

マットアラストは真顔《まがお》で言う。

「ま、もし来ても、通り過ぎるまで逃げるからねえ。なんとかなるわよう。問題なしね」

ハミュッツはそう言うと飛び上がり、コックピットのなかにふわりと着地した。

「行くわよう。みんな」

ミレポックとマットアラストが、コックピットに乗り込む。

プロペラが、盛大な音を立てて回転を始めた。


少し、遅くなったがコリオは部屋に戻った。

部屋のランプは灯っていない。コリオは手探りでランプの火打石《ひうちいし》を弾《はじ》いて火をつける。

ぼんやりと明るくなった部屋の中で、コリオはベッドに腰を下ろした。

「?」

と、コリオは気がついた。寝ていたはずのレーリアがいない。

自分と同じように、散歩に出たのだろうかとコリオは思った。しかし、すぐに気がついた。布袋が、二つしかない。

もう必要ないヒョウエのものを片付けたのかもしれない。だが、それよりも嫌な予感がコリオを襲う。

コリオは階段を降り、女将《おかみ》のところに向かった。

「なんだい」

もう寝るつもりだったらしい女将は、迷惑そうにコリオを見る。

「レーリアはどこに行った?」

「レーリア?　ああ、坊やのお兄さんね。さっき出ていったわよ」

「出ていったって……」

「大丈夫。お金は受け取ったわ」

「…………チェックアウトしたのか?」

コリオは動揺を抑えながら言う。

「そうよ」

「…………」

コリオはしばし呆然としていた。

逃げた。レーリアが逃げた。

「あ、そうそう。もう一人もチェックアウトすると言っていたわ。坊やはどうするの?」

「俺は………」

コリオは、女将に背中を向けて言う。

「俺は残る」

それだけ、言い残して、コリオは部屋に戻った。

女将は、突然二人がいなくなった三人組を、さすがに警戒《けいかい》しているようだった。しかも一人は荷物まで残している。彼女は何も言わなかったが、怪《あや》しんでいるのはすぐにわかった。

いずれこの宿を追い出されるかもしれないと、コリオは思った。追い出されたらどこに行けばいいのか、コリオは悩んだ。別の宿を取るのか、どこの宿を取るのか。そんな金はあるのか。一人になったコリオは、一人で考えなければいけなくなっていた。

でも、どうでもいい。追い出される前に、ハミュッツ＝メセタを殺せばいいんだとコリオは考え、そこで思考を打ち切った。

もう、寝ようと、コリオは思った。

ランプの明かりの下で、日記に書いた。

『今日はハミュッツ＝メセタを殺さなかった』

いつもは、これだけ書いて終わりの日記である。しかし、コリオは初めてその続きを書いた。

『ヒョウエが死んだ。レーリアが逃げた。そして』
コリオはペンを止めた。猫色の姫様のことを、書こうか書くまいかコリオは悩んだ。
しばらく考え、コリオは「そして」を二本線で消した。
日記に何を書くのか、悩んだのは初めてだった。

第三章

爆弾と人間と風の進路

次の日。

コリオは昨日と同じく散歩に出た。昨日と同じように朝の町を人々の流れとは逆に歩く。

昨日は、三人で行った散歩。しかし、今日は一人である。

たったの一日で、状況がひどく変わってしまったことを、コリオは実感した。

コリオは昨日と同じく、またあの路地に足を運んだ。昨日と同じく、理由はない。

もしかしたら、レーリアがいるかもしれない。歩きながらそんなことを思ったりした。

「坊主《ぼうず》、どうだったい。読んだだろう？」

歩いていると、声をかけられた。コリオは足を止め、振り向いた。

この間の『本』屋がいた。武装司書に連れて行かれたはずだがとコリオは思ったが、死んだとあって商売を再開したのだろう。昨日の今日で薄情な話だが、コリオにはどうでもよかった。

「………何のことだかわからない」

『本』屋は、猫色の姫様の『本』の代金を要求しに来たようだ。面倒《めんどう》だとコリオは思った。

それだけ言って立ち去ろうとした、その瞬間、売り物の中の一つに、コリオの目は釘付《くぎづ》けになった。

「何だこれは」

コリオは、一冊の『本』を指差して聞いた。男は答えた。

「ん？　決まってるだろ？　『本』の欠片《かけら》だよ坊主。買ってくれんのかい？」

その本のやわらかい乳白色を、コリオは知っていた。あの猫色の姫様のものと、同じ色だった。ほとんどの『本』は白と灰色と黄土色《おうどいろ》の間の色だが、その本はミルクのように白かった。

前のと同じだ。そう思いながら、コリオは手を伸ばした。

指先が触れた瞬間、また視界が一変した。

「………あの子だ」

コリオの呟《つぶや》きは、コリオ自身にも聞こえなかった。

「………少し、痛くしますよ。でもいい子だから我慢《がまん》してね」

最初にその声が聞こえた。すぐに猫色の姫様の声だとわかった。

「……痛……」

「今薬を塗りこむからね」

猫色の姫様は、朽《く》ちた木でできた、小屋の中にいた。

一人の子供がわらの中に寝ていた。薄茶色の顔の、貧しそうな男の子だった。伸び放題の髪の毛にはしらみが湧《わ》き、わら袋でできた服にはノミが我が物顔にまとわりついていた。

小屋の中は薄暗い。猫色の姫様の傍《かたわ》らにあるランプが、かぼそい灯《ひ》を灯《とも》らせていた。辺《あた》りには鯨《くじら》の油の匂《にお》いが漂っている。

窓の外は夜だろう。星の美しさを愛《め》でるような、心の余裕があるものは、小屋の中にいない。ひゅうひゅうと息苦しそうな息をつく男の子のそばには、猫色の姫様のほかには誰もいなかった。

「……水、ほしいよ。くるし…」

と言った瞬間、子供は激しく咳《せ》き込んだ。喉《のど》が焼け焦《こ》げたような咳《せき》だった。猫色の姫様は、子供の腕にあてがっていた剃刀《かみそり》の刃をどけた。

猫色の姫様の白い手袋は、土と血に汚れきっていた。手の甲《こう》のみが、わずかに白さの名残《なごり》を残していた。

彼女のドレスはひどいことになっていた。純白だっただろうスカートの裾《すそ》は、もはや雑巾《ぞうきん》と区別がつかず、胸元のレースは黒く変色した血に汚れ、背中についていた羽飾りは半分に切り落とされていた。まるでドレスのままで煙突掃除でもしたかのような、無残な汚れ具合だった。あの綺麗《きれい》な猫色の髪の毛は、わらの紐《ひも》で縛《しば》られ、背中に放り出されていた。

「水はだめよ、お腹《なか》がものを受け付けられなくなっているの。いい子だから、もう少し我慢して」

「………うん」

男の子の細い腕に、二センチほどの切り傷がついていた。彼女は手袋をはずし、綺麗な長い指を露《あらわ》にした。

「しばらく痒《かゆ》くなるけど、掻《か》いちゃだめよ」

猫色の姫様は、手の中に小瓶《こびん》を持っていた。その中の、赤い液体を指につけて、男の子の傷口に塗りこんだ。

「……これで、よし。あと一日はどんなに苦しくても水を飲んじゃいけないわ。いい？　お姉さんと約束よ」

「……」

返事はなかった。男の子はまたしても激しく咳き込んだ。

「……苦しいけど、耐えて。お願い。もう少しだから」

猫色の姫様は男の子の体を抱え上げ、抱きしめて言った。

「ごめんなさいね。ごめんなさい」

「……お姉ちゃん、ありがとう」

男の子は、猫色の姫様の胸の中で言う。

「でも、お姉ちゃんだれなの？」

猫色の姫様は、何も答えずに、男の子の体を下ろした。男の子は、猫色の姫様を見つめ続けていた。

男の子の咳が止まると、猫色の姫様は小屋を去った。場所は田舎《いなか》の農村のようだった。どこまでも続く丘 陵《きゅうりょう》の向こうに小さな教会の尖塔《せんとう》が物悲しく建っていた。

男の子のいた小屋は、丘陵の端にぽつんと建っていた。

夜の闇《やみ》は深い。猫色の姫様は頭から黒い外套《がいとう》をかぶり、地に伏すようにして走っていた。民家の建ち並ぶ村の中心を避けるように、彼女は森へと入っていった。ランプは持っていない。闇の中にもかかわらず、彼女の足どりは昼間とまったく同じだった。

森に入る。木の横を彼女が通り過ぎた瞬間、

「……どちらへ？」

と声がした。猫色の姫様が振り向くと、そこには一人の男がいた。年のころは四十ほどだろうか。酷《ひど》く太っている。黒地に金の刺繍《ししゅう》が入った豪勢なマントと、頭に載った道化の帽子。おかしな格好《かっこう》の男だった。

コリオは驚いた。さっきまで、彼女が通り過ぎるまで、そこには間違いなく誰もいなかった。

「ワイザフ……」

「おやおや姫様。ドレスに埃《ほこり》が」

「いつから見ていたのですか？」

猫色の姫様は言った。敵意のこもった声だった。

彼女のそういう声をコリオは初めて聞いた。さっきも、一冊目の『本』でも、彼女はいつも

哀《あわ》れみと悲しさに満ちた声だった。

「ずっとでございますよ。常笑《とこ》いの聖女様」

「その名でわたしを呼ぶなと言ったでしょう?」

猫色の姫様の声にさらなる敵意がこもった。

「これはまた無礼をば」

と言って、男は頭を下げた。そして下げた姿勢のまま、ずぶずぶと地面に沈んでいった。

コリオはそこで男が魔法使いだと気がついた。魔法の衰退《すいたい》した現在では、これほど高度な魔法を、こともなげに使える人間を目にする機会は、ほぼ間違いなく人生で一度たりともないだろう。

「……あの坊やはどこので? 常笑いの聖女様」

猫色の姫様……常笑いの聖女と呼ばれているらしい。しかし、どこが「常笑い」なのだろうとコリオは疑問に思った。彼女が笑っているところなど、一度しか見たことはない。彼女はいつも、苦しみに耐えるような顔をしていた。

「あの子は、ただの子供よ」

「ははは、これはまた」

男は今度は木の上に姿を現した。

「夜ごとお部屋を抜け出して、どこの騎士様との逢引《あいびき》かと、すわ急いで駆けつけてみれば、これはまた傑作《けっさく》な騎士様でいらっしゃいますな。わらのベッドの寝物語はいかがなものでございましたか？」

「くだらない話はやめなさい」

「おや、御髪《おぐし》にわらくずがついたままでございますよ」

「………やめなさいと言っているでしょう？」

また、男は姿を消した。

「わたしを怒らせないで。わたしがいなかったら、あなたの地位がどうなるか、忘れさせることはなかったはずですけれど？」

猫色の姫様は、外套の下でチキ、と音を立てた。それが剣の柄《つか》に手をかけた音だというのは、コリオにもすぐにわかった。

「おおお、なんという恐怖。あなた様の剣の前では、私の魔法など赤子の手遊びも同然」

と言って、男が再度木の下に姿を現す。

「………それで、なにか？」

「あんなことをしては困りますなあ。さあこれからひと儲《もう》けしようという時に」

「………あの子はわたしたちの薬を買えないでしょう。わたしたちには何の影響も及ぼしませんし」

「……そんなことは、言ってございませんよ。シロン」

ワイザフの顔が、一変している。今までの紳士の顔が剝《は》ぎ取られ、中から出てきたのは汚らしい卑俗《ひぞく》な顔だった。

「そうやってね、一人だけわたしは正義でございます、善良でございますってツラしてるのがね、気に入らないんだよ、シロン。ガキの一匹や二匹知ったことじゃねえ。どうせ同じ穴のムジナなら、せめてこっちのやり方に従ったらどうだ」

「……………貴様」

「……謝れ。謝らないと適当に一人殺す。つべこべ言っても一人殺す」

猫色の姫様は、逡巡《しゅんじゅん》し、そして言う。

「ごめんなさい。礼を失していたわ」

急に男は笑みを浮かべ、恭《うやうや》しく一礼した。

「それでよろしいのでございますよ。われらが姫様」

「……………で？」

「これから、姫様のために贅《ぜい》を尽くした宴《うたげ》を用意いたします。あっちのほうもとびきりの男を、いくらでも用意しますよ。すりこ木のように太いのやら、舐《な》めるのが上手《うま》い男やら、一晩に二十度もできるのやら、そうそう本日は愛らしい子犬のような少年も用意いたしましょう」

「いらないわ」

「そうおっしゃらず。私どもの大勝利の前祝いでございますよ」

「大勝利？　なんの？」

「カダーラ国全体に竜骸咳《りゅうがいぜき》が広がりました。王自《みずか》ら我々に打診してくる始末で。我々全員に爵《しゃく》位《い》を与え、国家予算の三年分を用意するとも」

「薬を売りに出すのね？」

「いいえ、これからニチンベータ地方とさらに東方まで病気が広まりませんと」

「早くしないとどうなるかわかってるの？」

「わかってますよ。死にますな。たくさん」

「……お願い。もう売りに出して」

「ご冗談を」

男はくくく、といやな笑いを浮かべて消えた。最後に、風の中に溶け込ませるように、言い残していった。

「それはそうと、自殺しないでくださいね。あなたが死ねば、あなたの死んだあとの世界が、どうなるかわかっているでしょう？」

男が消えた後も、猫色の姫様はその場に立ちすくんでいた。その表情は見えない。


そこで、『本』が終わった。コリオは『本』に触れている指先を離した。目の前に立っていた、『本』屋が言った。

「困るねえ、買ってもないのに見ちゃあいけないよ。金払ってくれるんだろうね」

「払うよ」

コリオは財布の中から、二十キルエ払った。服の袖《そで》で二冊目の『本』をつまみ、ズボンのポケットに入れた。

「………これ、同じ『本』を前に見た。『本』は一人一冊じゃないのか？」

「そんなの見りゃわかるだろう。割れたんだよ。割れた『本』でも、中身の一部分は見れるからな。ほかにも多分たくさんあるぜ」

そうか、たくさんあるのかと、コリオは思った。なぜだかひどくうれしかった。

「まだあるのか？」

「………坊主、気に入ってくれたね、ほらこの『本』はどうだい」

「それはいらない。これと同じ人の『本』が欲しいんだ」

「……それは今ないねえ。次来てくれればあるよ」

あまり信用はできなかったが、コリオはそれでもいいと思った。


コリオは足早に宿に戻り、今買ってきたばかりの『本』を、もう一度開いた。

彼女の声を、表情を、動きを、コリオは何度も見つめた。汚れたドレスも、手も、彼女が着ると綺麗に見えた。暗くうらぶれた小屋も、彼女がいるだけですばらしい場所に思えた。

しかしこの小屋はもう何百年も前のもので、今は残っているはずもない場所だった。それを思うとコリオの胸は、口惜《くや》しさでいっぱいになった。

彼女は、病気の子供に薬を分け与えているのだ。己《おのれ》の手が汚れるのもかまわずに。コリオは感動した。すばらしいことだと思った。また『本』を開いて、猫色の姫様の姿を見た。

それから、何度『本』を読み返しただろうか。いつの間にか太陽は天を横切り、日は暮れかけていた。コリオはいつの間にか沈みかけている太陽に気づき、空《から》っぽになった胃袋に気づいた。腹が減ったのはどうでもいい。それよりももっと猫色の姫様の姿を見たかった。今ある二冊の『本』だけじゃない。もっとたくさんの『本』を見たかった。

あの本売りの男が、また来たらあるかもしれないと言ったことを思い出した。すぐさまコリオは財布をつかみ、駆け出すように外に出た。

家に向かう人の流れの中を、コリオは逆方向に走った。荒く息をするたびに、爆弾を埋め込まれた胸の穴が痛んだ。苦痛に顔をしかめながらもコリオは、走らずにはいられなかった。『本』屋がいた場所にたどり着いた。だがその場所にはもう誰もいなかった。

コリオは辺りを見渡し、探したが『本』屋の男の姿はなかった。

周囲の路地を走り回り、『本』屋の姿を探した。大通りに一度戻って、人ごみの中も探した。だが『本』屋は見つからなかった。

『本』屋を探すことはあきらめた。もしかしたら『本』が落ちていたりしないかと、コリオは地面を探した。

だが、『本』の欠片も見つからなかった。コリオは疲れ果て、空腹にも耐えかねて、腰を下ろした。日が暮れきるまで、コリオはそこにしゃがみこんでいた。しばらくたって、あきらめた彼は、とぼとぼと宿への帰路に着いた。

この町の夕日は、今日も薄暗い。それを悲しく思いながら歩いていた。

　そのとき道の角を曲がった一人の女の後ろ姿に、コリオの目が釘付けになった。真っ白になった頭で、コリオは駆け出した。

　あの猫色の姫様が、今角を曲がって左に行った。今確かにそれが見えた。

　コリオは角を曲がって、先に行った女の後ろ姿を見た。

「……錯覚《さっかく》か」

　なぜこの女が、猫色の姫様に見えたのか、わからなかった。髪の毛に白髪の混じりはじめたただの老婆だった。老婆は振り向くこともせず歩き去った。

　コリオは落胆《らくたん》とともに、冷静さを取り戻した。さっきまでの自分を見つめなおし、苦笑した。

　完全にどうかしていた。

　猫色の姫様のこと以外の、すべてを忘れていた。

「なんだこれ」

　とコリオは言った。だが、本当はわかっていた。この感情が何か。つい昨日教わったばかりだ。

「………一目惚《ぼ》れだったのか」

　胸が痛んだ。走って胸の爆弾が揺れたことが、コリオの胸をきしませていた。

　削《けず》られた肋骨《ろっこつ》が外気にさらされて、神経に響いた。

　しかし、痛いのは、そんな場所ではなかった。苦しいのは、そんな理由ではなかった。

レーリアは、どこかに行ってしまった。そしてきっともう戻らない。

ハミュッツ＝メセタはどこにいるのかわからない。

これから、どうすればいいのか、見当すらつかない。

しかし、そんなことの全《すべ》てを押し流してかき消すほど、コリオの胸の高鳴りは、激しかった。


夕暮れが終わり、灰色の月が低く浮かぶ町。

小さな酒場の一角で、イア＝ミラは昨日出会った少年のことを、突然思い出した。コリオ＝トニスという名の、陰気《いんき》な少年だった。少しだけ、奇妙な会話をして、二度と会う約束もせずに別れたのだった。

「…………どうしたんだい？」

「なんでもないのよ。さあ飲んで」

イア＝ミラは仕事中であった。安い革《かわ》のソファに座り、隣に座る男の体にもたれかかって、酒を注いでいるさなかであった。薄暗い店内では、イアと同じように女たちが鉱山帰りの男たちに酒を注いだり、しなだれて媚《こび》を売ったりしている。

泣いた跡《あと》を隠すために化粧をして、少し動けば下着が見えそうな……というより見せるために短くしたドレスを着ている。わざとらしいフリルのついた、ひどく安いドレスで、暗いところでなければ見られたものじゃないだろう。

イアの隣を、男と同僚の女が並んで通っていった。店の奥にある個室に向かうのだ。女に金を渡せば、個室で女と一晩過ごすことができるというのが、この店のルールだ。

今日はイアに金を渡して、個室に誘ってくる男はいない。今ついている客が誘ってくれないと、今日は儲けなしだな、とイアは心の中で思った。でもそれでいいのかもしれないとも、イアは思った。

もう少ししたら、仕事をやめることにしていた。もう少し、何でもいいからもう少し、やりたくなるような仕事がしたいと、カートヘロが死んでから、思うようになっていた。

と、そのときイアがついていた客が、懐《ふところ》から何かを取り出した。

「ねえ、これ飲んだら、二人で飲みなおさない？」

「………？」

そのとき、客の手がすばやく動いた。懐から出した何かで、酒に何かしたように見えた。暗かったので、何をしたのかまでは見えなかった。

「………え？　いま、なにか？」

「いいだろ？　二倍払うよ」

「……」

変な趣味の男に、変な薬を飲まされて、個室に連れ込まれることはたまにある。イアも、何度か経験している。そんなときにはいつも、カートヘロがなぐさめてくれた。カートヘロがいたから、どんな辛《つら》いことでも耐えられた。

た。

男は、イアのドレスの胸元に金を押し込んできた。逡巡している時間はなかった。イアは甘ったるい酒を、喉の奥に流し込んだ。ゼリーのようなものが、喉を滑り落ちていく感触があった。

「飲めよ」

イアが飲むと、突然男は立ち上がり、何も言わずに足早に店を出て行った。またどうぞーと呼びかける、店員の声が間抜《まぬ》けだった。

取り残されたイアは、首を回したり心臓の音を確認したりして、体の調子を確かめた。なんともない、ような気がする。眠くもならないし、おかしな気分にもならない。

だからこそ、怖かった。

目的のわからない相手ほど、怖い。特にカートへロがいない今となっては、なおさら怖い。

イアは、店の奥でグラスを拭《ふ》く店主のところに行き、小さな声で言った。

「……………すいません、早退したいんですが」

同じころ、レーリアは一人、夜の町を歩いていた。

背中には、布袋。腰にはだいぶ軽くなった財布。

レーリアは繁華街《はんかがい》の人波を、ゆっくりと横切っていた。酒場と売春宿を混ぜたような店が建ち並び、男と女の声がレーリアの耳に届く。しかし、それに興味をそそられるほどの心の余裕はレーリアにはない。

コリオはきっと、自分が逃げたと思っているだろう。それならそれで構わない。もうコリオとはなんの関係もないのだ。

「……逃げる、か」

ふと、このまま逃げてしまうのもいいかもしれないと、レーリアは思った。

どこかの町で仕事を見つけて、過去を隠しながら、普通に暮らす。

もし、それができればそれでもいい。

だが、無理な相談だ。

自分を操《あやつ》っていた奴《やつ》らが、あるいはハミュッツ＝メセタが、そしてこの胸の爆弾が、それを許してくれないだろう。

そう思いながら歩くレーリアの横を、安物のドレスを着た女が、通り過ぎた。何か不安そうな顔をしていたが、レーリアは気にも留めない。

飛び出してきたはいいが、行くあてがないのは、コリオと大して変わらない。だが、コリオとは違い、目的がある。

死ぬことは怖くなかった。命なんてものは、とっくの昔に捨てていた。それと引き換えに、意地を得た。絶対に、奴らの思い通りには動かないという意地を得た。どうにかして、奴らの誰か一人でも、道連れにしてやろうという意地だけが、今のレーリアを動かしていた。

この胸の爆弾で、敵のボスを殺す。レーリアの図書館行きの、道連れにしてやる。

それがレーリアがコリオと別れてきた理由であり、今のレーリアの生きる理由だった。

ヒョウエの敵討《かたきう》ちというわけではない。義憤《ぎふん》に駆《か》られて、というのとも違う。ましてや生き延びたいからでもない。

強《し》いて言うなら、自分自身の、レーリアのことを何も知らない。レーリア＝ブックワットの敵討ちだ。

レーリアは敵のことを何も知らない。知っているのは命令を伝えてきた男の顔だけ。そいつだって、レーリアやコリオと大差ない下《した》っ端《ぱ》だろう。リーダーの顔も、本拠地の所在地も、活動の目的も、組織の名前すら知らない。記憶にわずかに引っかかる、「神溺《しんでき》教団」という名前、クルケッサという名前だけが、手がかりだった。

これからどうするか。レーリアは考えている。

自分の力を信じ、一人でやってみるか。

だが、知識も技能もないレーリアでは、戦うことはできない。爆弾という武器があるが、これは敵のボスを殺すためのもので、これから襲《おそ》いかかってくるだろう、下っ端を道連れにするためのものではない。

現状を誰かに訴え、助けを求めるか。そちらのほうが現実的に思える。

では、誰に助けを求めるか。

答えは簡単だ。敵の敵は味方。ハミュッツ＝メセタの他にはいない。

「出てきたのは間違いだったかな」

レーリアは呟いた。一応コリオと一緒に行動して、ハミュッツが見つかってから事を起こせばよかったのかもしれない。

だが、考えても意味のないことだ。後退はありえないのだから。

「おっと」

レーリアの肩が、向こうから歩いてきた男とぶつかった。その瞬間、香水の匂いが漂った。女かとレーリアは一瞬思ったが、顔を見てやはり男とわかった。

ぶつかった相手は、驚くほど綺麗な顔立ちの男だった。すっきりとした、どこか儚《はかな》げな香りを漂わせた風貌《ふうぼう》は、男装した妙齢《みようれい》の美女にすら見えた。

綺麗に手入れされた長髪を、背中にたらしている。

黒い三つ揃《ぞろ》いのスーツを上手に着こなし、銀細工が施《ほどこ》された革のカバンを手に提《さ》げていた。体形はその身なりにふさわしい、細く引き締まった体。上品で優雅《ゆうが》な姿だった。

年は意外に老けている。三十を越え、四十に近い年に見える。だが、みすぼらしいなりのレーリアよりずっと若々しく溌剌《はつらつ》としていた。

「すいません」

「青年、気をつけたまえ」

と、男は言った。その姿はこんなうらぶれた町に似合わない。どう見ても、鉱夫などの肉体労働者ではない。金も地位もある男に見えた。もしかしたら、武装司書かなにかかもしれない。レーリアはそう思い、しばし男の顔を見つめていた。

「君はここの人じゃないように見えるね。どこから来たんだい？」

ぶつかってきた長髪の男は、突然言った。急に話を振られて、レーリアは驚いた。

「あの、観光と、それと人探しを」

「こんな所にかい？　興味深いね」

なんだかよくわからないが、男はレーリアに興味を持ったようだ。レーリアは少し不自然に思ったが、深くは考えなかった。

「もしかして、ここ最近の爆発事件と、関係があるのか？」

レーリアは驚く。

「ははは、驚いた顔をしているよ」

男はにやりと笑った。

「ちょっと話に付き合ってくれるかな。それと確認しておくが、君はレーリアだね」

「どうして俺の名前を？」

「重要なことだからね」

男はそう言って、人差し指を一本立てた。レーリアはそのとき、この男がはじめから自分に話しかけてくるつもりだったことを悟った。

「あなた、何者なんですか？」

「僕のことは、シガルと呼んでくれ。職業は、まあいろいろだ。今はある製薬会社で働いているよ」

二人は連れ立って歩き、近くの酒場に向かった。

　レーリアがシガルに連れ込まれたのは、静かな……言い換えれば流行《はや》っていない酒場だった。商品は安い酒とわずかな料理だけで、女はいない。シガルには不釣り合いな場所だが、レーリアにはこの程度でいい。

　シガルは注文したグラスのビールには口をつけず、レーリアに話しかけてきた。

「君は、何人かの仲間と来たはずだね。彼らはどこに行ったのかな？」

　どこまで調べがついているのか、信じられない気持ちになった。やはりこの男は、ハミュッツ＝メセタの関係者なのだろうか。ハミュッツ＝メセタの情報力はそこまで伸びているのだろうか。

「この町には、三人で来ました。一人は、昨日死んで、もう一人は宿にいる……はずです」

　レーリアは正直に答えた。

「はずですというのは？」

「別れてきたからです」

「なんだって？」

　シガルの顔にかすかな動揺が見えた。

「……予想外だな。それは」

　シガルは、あごに手を当て、何かを考える。

「なにが予想外なんですか？」

「気にしないでくれ。こっちの話だ。それよりも、何か話したいことがあるんだろう？」

レーリアは、この人は何でもお見通しなんだなと驚く。

「シガルさんの知ってることだらけかもしれませんけど、話させてください。俺、いや、俺たちはある組織に、長い間飼われていました」

話すことはいくらでもあった。しかし、五分ほど話すと、シガルはレーリアの話を打ち切った。

「君の置かれている状況、大体のことはわかった」

やはり、レーリアの知っていることは、ほとんどすべてこの人も知っているようだ。

「間違いない。それは神溺教団だ」

「やっぱりそうですか。神溺教団って奴らなんですね」

「知っていたのか？」

「名前だけは」

シガルは、綺麗な指先であごを撫《な》で、考える。

「これは、話していいものか」

シガルは、しばし考え、口を開く。

「神溺教団は、一級封印情報だ。一級封印情報とは、許可なくその存在を知っているだけで罪に当たる。つまり、君はこの時点で記憶削除《さくじょ》の上、牢獄《ろうごく》行きは免《まぬが》れない。その上に、詳《くわ》しい話を聞くとなれば……それでもいいのかね？」

「かまいません。捨てた命です」

そう言いながら、レーリアはふと疑問に思った。

そういえば、この男はいったい何者なんだろう。


レーリアとシガルが、酒場に入った同時刻。

ハミュッツ＝メセタたちはトアット鉱山から五千キロほど離れた空にいた。

尻《しり》から煙を吐きながら、飛び続ける魔力燃料のプロペラ飛行機。その後部座席で、ハミュッツは真空管ラジオのつまみを回していた。

ハミュッツの横には、ミレポックがいる。操縦しているのはマットアラストである。

「代行、音楽でも？」

ミレポックが言う。

「いや、天気予報。確認しておくわ」

ハミュッツが言っているのは、台風のことである。

「知ってますか？　十年に一度だそうですよ。トアット地方に台風近づくの。直撃となったら百年来のことだそうです」

「知ってるわよう。いやなタイミングよねえ。わたしでも台風だけはどうしようもないからねえ」

ノイズに混じって、冷淡《れいたん》なアナウンサーの声が聞こえ始めた。

『……公海上の大型台風『キャプテン・チョック』は依然《いぜん》勢力を強めながら、大陸に向けて東進しています。科学庁自然対策局は規模を『クイーン・ワトーレ級』から、最大規模の『キング・バウェリ級』に変更。全力を挙げての観測を行う方針です。また、今後の動きについては魔道庁の予知魔道師三十三人議会が、東進を、全員一致で予知。科学庁自然科学研究局も、同じく東進を続けるという見方を強めています』

「マット、君はどう思うのさ。君も予知能力者でしょ?」

「あんまり俺のこと当てにされても困るんですけどねぇ」

マットアラストがぼやいた。彼にも予知魔道の素養がある。

とはいえ、彼の本領は拳銃の抜き撃ちであり、予知能力者としては低級に属する。予知できるのはせいぜい二秒ほどの未来。あとは簡単な天気予報程度である。

「まあ、多分来ないと思いますよ。不安定性の未来ですけど」

「はっきりしないわねえ」

「そう言わないでください。俺みたいなのが普通なんですよ。あの女は例外中の例外です」

『なお、進路上には強い地系力場をもつトアット地方があり、今後はより地系力場の弱い北東に、緩《ゆる》やかに進路を変えるものとの、予想されています』

ラジオの天気予報も、マットアラストと同じことを言う。

「ま、だいじょーぶねぇ」

そう言いながらハミュッツは、ラジオのスイッチを切った。

「みたいですね」

ハミュッツは、少し曇《くも》った夜空を見上げて言った。

「……そういえば、あの女、人生で一度も『今日傘《かさ》もって行こうかなー』なんて悩まなかったのよねえ」

「そうでしょう。俺もそうですから」

「……予知能力者って、どんな気分なのかしらねえ。マットアラストはどうよ」

マットアラストは、首を横に振る。

「俺にはわかりませんよ。あの女は桁《けた》が違いますから。千年先なんて、見当もつきませんよ」

「やっぱ、そうよねえ」

と、ハミュッツはため息をつく。

「常笑いの魔女か。あいつ、わたしらのことも予知してたのかしらね」

「そうかもしれませんね」

「どう思ってんのかしらねえ。あの女は」

「さあ」

二人の雑談は、今一つ盛り上がらない。

「あれから、一年ですか」

マットアラストは、深刻な口調になって、言った。

「そうねえ」

「……長い戦いになりそうですね」

「そうねえ」

そう言いながらハミュッツは、昔を思い起こし同時にこれからの長い戦いに思いを馳《は》せた。

一年前、一九二三年の秋、ハミュッツ＝メセタが率《ひき》いる武装司書の一隊は、イスモ共和国の東部にある、アロウ湾に停泊していた船舶を強襲《きょうしゅう》した。

無差別テロの主犯とされるテロ組織の拠点《きょてん》であることが、イスモ共和国の国家保安官たちの調査によって判明したのだ。イスモ共和国大統領は、対応をより戦闘力の高い武装司書たちに一任した。

当初、問題なく終わると思われていた作戦は、予想外にてこずった。

強力な結界《けっかい》が船の周りに張り巡《めぐ》らされ、外から中がうかがえないように、完全な偽装が施されていた。

武装司書隊の擁《よう》する魔術師が、結界を突破した矢先に、人間たちが襲ってきた。浮き袋をつけた十数人の男が、降伏を偽装してハミュッツの乗っていた船に接近し、自爆した。海に投げ出された武装司書に向かって、人間爆弾の第二陣攻撃。一時の撤退を余儀《よぎ》なくされた。

それから、敵の完全沈黙まで六時間。武装司書側は、一人の死者と六人の重軽傷者を出した。武装司書にとって、近来まれに見る被害だった
なんとか制圧に成功した武装司書たちは、船内に突入した。

そこで行われていたことは、想像を絶するものだった。

百人を超える人間たちが、船の中で飼われていた。船の中に「いた」のではない。彼らは「飼われて」いた。狭い石造《いしづく》りの部屋に、彼らは押し込められ、垢《あか》と糞便《ふんべん》の匂いを漂わせながら生きていた。部屋には何もなく、ベッドすらなく、ただ餌《えさ》を入れるバケツと、かびたパンくずが転がっていた。

飼われていた人間たちは、自分たちが置かれている状況を理解できておらず、知能は極端に低下していた。ほとんどは精神を破壊されて、人語すら話せないものさえいた。

彼らは、「肉《ぶた》」と呼ばれていた。牛か鶏《にわとり》と同じ扱《あつか》いを受けていた。人語を話す家畜。人の腹から生まれた豚。彼らの姿は、修羅《しゅら》場《ば》をくぐってきた武装司書たちですら、吐き気を覚えるものだった。

テロリストたちは、彼らを有用な道具として扱っていた。あるものは、医学実験の試験台にされ、あるものは生きたまま爆弾にされ、あるものは、生きたまま猛獣のエサにされていた。

残されていたテロリストたちの手記から、ハミュッツは神溺教団の関与《かんよ》を知った。

彼らは、単独で活動している組織ではなく、神溺教団の下部組織だったのだ。

神溺教団とは、全ての国家と、それらを統括《とうかつ》する現代管理代行者、そして武装司書が、全力を挙げて取り締まっている、禁断の邪教である。

入信はおろか、許可なく神溺教団の存在を知っているというだけで罪になる。神溺教団の関係者の本は四等以上の封印が施され、世界大事典の『神溺教団』の項目は最上位の認識妨害が施されている。

武装司書をはじめ、あらゆる公《おおやけ》の組織が長い間、徹底的な弾圧を加えていた。

神溺教団の教義は、唯《ただ》一つである。

『人と神は一つのものであり、汝《なんじ》の魂《たましい》はすなわち神の魂である。

汝の幸福は神の幸福であり、汝の悲嘆《ひたん》は神の悲嘆である
ただ一念に、己《おの》が望みをかなえよ。全ては神のためである』

その唯一《ゆいいつ》絶対の教義に基《もと》づいて、彼らは金銭欲、名誉欲、食欲、色欲《しきよく》、支配欲、破壊欲など、全ての欲望を肯定する。

そして欲望の達成を妨害する、あらゆる法律や秩序の存在を否定し、公正や平等を唾棄《だき》し、優しさ、恋愛、家族愛、人間愛を無価値なものと断じている。

彼らにとって、己の欲望をかなえるあらゆる行為は正当なものであり、それを阻《はば》む全ては排除すべきものであり、それに伴《ともな》う犠牲《ぎせい》は容認されるべきものである。

かくして神溺教団の入信者は、あらゆる非人道的行為を、平然と行うようになる。

彼らにとって、人道という概念はない。己の行動の全てが正当なことだからだ。さらには相互の助け合いという概念もない。同じ教団の信徒すら、目的が食い違えば敵になる。

彼らが行った犯罪行為は、列挙するだけで本が一冊埋まる。

在任三年で一万人を虐殺《ぎゃくさつ》したとされる『凶将《きょうしょう》』マルゲアズ将軍、漁色《ぎょしょく》に人生を捧《ささ》げ、魔都バエラセの支配者となった『肉林公《にくりんこう》』バレアニ世、そして『常笑いの魔女』シロン＝ブーヤコ

ーニッシュなどが名高い。無論彼らが神溺教徒であったことは、世間《せけん》には決して知られていない。

ハミュッツは直《ただ》ちに、神溺教団の殲滅《せんめつ》を命じ、各所に部下を派遣《はけん》した。

手持ちの手がかりはただ一つ。

テロリストの手記の中に残されていた、シガル＝クルケッサという指導者の名前だけだった。


シガルは、淡々《たんたん》と、まるで昨日見たキネマのストーリーでも語るように話した。

神溺教団の教義と、彼らの所業《しょぎょう》を。

「……そんな教団が………」

シガルから説明を聞いたレーリアは、怖気《おぞけ》に身を震わせた。

「だから、知るだけで重罪なんですね」

「そのとおりだよ、レーリア君。ははは。君も重罪人の仲間入りだ」

おどけてる場合か、とレーリアは心の中で毒づいたが、口に出せるはずはなかった。

「……かまいません。どうせ捨てた命です」

「ふうん、そうかい」

そう言うと、シガルの顔に明らかな嫌悪が浮かんだ。その意味を、レーリアは理解できなかった。

「捨てた、命ね」

「はい」

レーリアには、シガルの嫌悪の意味が理解できない。

シガルは胸ポケットから細巻きのタバコを取り出し、火をつける。

「なるほど。では、レーリア君。どうして神溺教団が存在し続けているかわかるかい？　徹底的な弾圧をくぐり抜けて。彼らに向けられた弾圧は、それはもうすごいものだったんだよ」

「……わかりません」

シガルは肩をすくめた。

「それはね、正しいからだよ。神溺教団は、この世で唯一の、本当の意味で神に仕《つか》える教団だからだ。ほかの、たとえば過去神バントーラや現在神トーイトーラは、真の神に仕える、ただの管理者に過ぎない。それに仕えているハミュッツなんかは、本当にくだらない人間だ。神の幸福のなんたるかが、何もわかっていないんだからね。

楽園時代、人はみな幸福で、同時に神もまた幸福だった。神の幸福とは、すなわち人の幸福に他ならないんだからね。

しかし長い時が経《た》って、人の質というのは目も当てられないくらい落ちてしまった。ハミュッツやらなんやら、くだらない人間が世界を支配し、人の本当の幸福をないがしろにしている。

その現実に、僕たちは立ち向かわなければいけないんだ。

神のために、本当の幸福を体現しなくてはいけない。そうだろう？　レーリア」

「…………」

レーリアは、正直言っている意味がよくわからなかった。シガルはレーリアが意味をわかっていようがわかっていまいが、どうでもいいようだった。

ただ、この人はハミュッツの部下ではないことだけはわかった。

「君は間違っているよ。レーリア。本当の幸福を見つけるためには、ハミュッツなんて百害あって一利ない。さあ、早く仲間のところに戻って、ハミュッツ＝メセタを殺すんだ」

「ハミュッツ？」

レーリアの混乱した頭が、その言葉を聞いて、急激に回転を速める。レーリアの感情と思考が、一つの結論にたどり着く。

「シガルさん……シガル。お前が、神溺教団のボスか」

「え？　そんなこともわかっていなかったのか？

ああいやだいやだ。本当に人間の質は落ちたんだね。こんなバカが僕の前で口をきいているなんて」

レーリアは、自分の胸に手をあてて、指先に真空管の手触りを感じる。

「何のつもりだい、レーリア」

と、葉巻の煙をふかしながら、シガルが言う。

「なんのつもりで、俺と話した？」

「退屈でねえ。のろまのハミュッツが、いつまでたってもここに来ないからね」

「それだけか」

「今は後悔しているよ。まったく君は頭が悪くてうんざりだ」

「……………」

「早く仲間の爆弾のところに戻りたまえ」

レーリアは、逆上しかけた頭をねじ伏せた。興奮《こうふん》に震える声で、シガルに言う。

「一つ、聞く。答えによっては、助けてやらねえこともない」

「何を言っているんだか」

「本当の幸福と、言ったな？　シガル」

レーリアは、服の上から、真空管をなでる。

「ああ、言ったよ」

「お前の言う本当の幸福のために、不幸になる人間を、どう思う？」

「何を言ってるんだい？　そんなのがどこにいる？」

シガルの、本当に全く理解できていないその表情が、レーリアの感情を逆撫《さかな》でする。

「ヒョウエや、コリオや、俺のことをどう思うか聞いているんだ、なあ、シガル＝クルケッサよ」

「はあ、話が通じないね」

シガルは、葉巻の先で、レーリアの顔を指して言った。

「君は爆弾だろう？」

その時突然、レーリアはにやりと笑った。

なぜ、笑ったのかは永遠に誰にもわからないし、おそらくはレーリアにもわからない。

レーリア自身、自分が笑ったことに、気がついているかどうか。

ともかくレーリアは笑い、笑いながら指を動かした。

指は胸の真空管を押しつぶし、レーリアの最後の笑顔が、粉々になって消し飛ぶ。

シガルが、動いた。


「おい、またかよ」

「水もってこい。早く」

三度目の爆発に不安な顔を向き合わせる人々を尻目《しりめ》に、シガル＝クルケッサは、酒場を離れた。手に下げていた剣を、腰に戻す。

シガルは、少し離れた壁にもたれかかって、細巻きの葉巻をもう一本取り出し、火をつけた。そして吐き出す煙とともに、やたら明瞭《めいりょう》な独《ひと》り言《ごと》を口にした。

「まったくばかげた話だ。死ぬならハミュッツ＝メセタに突撃でもしていれば、少しは価値のある人生だったのに。

さらには僕を楽しませて死ぬならともかく、あの無粋《ぶすい》でみっともない死に様《ざま》。人生というものを彼はどう考えていたのかねえ。きっと何も考えていなかったんだろう。まあ彼みたいな人間はたいていそうなんだろうけどもね。

それにしても、自分から自分の価値を貶《おとし》めるとは僕には到底《とうてい》理解しがたい。彼のような人間のことを理解したところで、いいことなど何もないんだけれどね。ははは」

葉巻には、火薬の匂いが付着していた。

シガルは、顔をしかめ、火のついた葉巻を放り捨てた。ポケットの中のものも、まとめて道に放り捨て歩き出した。黒いスーツにも、わずかに埃が付着している。

「やれやれ、不愉快《ふゆかい》な気分になった。まったくこの世はどうかしてる。間違っていることばかりだ。

どこかに僕の全てを救い、愛してくれる、天使のような人はいないのかねえ」

シガルは空を見上げた。空を行く雲が、少しばかり足を速めていた。嵐は近づいている。

「金儲けなんて、くだらないことだ。そんなことに僕の手を煩《わずら》わせるなんてのも、この世界の間違ったところだ。ハミュッツ＝メセタなんてくだらない人間がちやほやされているというのも、本当に困ったものだね。まあくだらない」

シガルは一人、しゃべり続けていた。

二つ並んだベッドの、片側。寝巻きに着替えて、横になっていたイア＝ミラは、遠くで起こった爆発音に、目を覚ました。

遠くに上がる煙の帯を見て、思い出すのはあのカートヘロが死んだ、あの爆発事件のこと。

「三度目じゃない」

イアはそう言って、寒気のする体を震わせる。

強まっていく風の中を、あわただしく走っている人々。どこかに引火したのか、水の入ったバケツを抱えるものや、砂を載せた手押し車を押すものもいる。

夜になって、強まった風。

台風は依然勢力を保ったまま、近づいてくると、ラジオが言っていた。

「……………カートヘロ」

と、イアはその名を呟いてみる。

かつては、イアの不安を取り除いてくれた愛する人の名前は、今はイアの不安を増すだけのものだった。

ひどく、寒気がする。

さっきから、胸の中がいがらっぽいような気がする。

自分はさっき何を飲まされたんだろう。

「カートヘロ」

イアは、また呟く。のしかかる不安は、重みを増すばかりだった。

第四章 爆弾と司書と常笑いの魔女

朝である。

コリオは昨日は一日中部屋の中で過ごした。

三度目の爆発事件も、ハミュッツが、この町に向かっていることも、何も知らずに過ごしていた。

コリオはベッドに腰掛けて、じっと壁の木目を眺《なが》めていた。

思うのはただ一つ、猫色の姫様のことだった。

コリオは彼女の名前も知らない。彼女の名を呼ぶことすらコリオにはできないのだ。

そう思うとコリオの心は軋《きし》みをあげた。彼女の名前。そんな小さなことですら、コリオには人生を賭《か》けるに値《あたい》するほどの重大事に思えた。

「……常《とこ》笑いの魔女」

そう呼ばれていた。一冊目でも、二冊目でも、彼女は魔女と呼ばれていた。

しかしそんな名前では呼びたくない。彼女は常笑いどころか、笑うことすらまれなのに、彼女のどこが常笑いなのか。

そもそも、彼女のどこが魔女なのか。彼女は子供に薬を与えていたし、それにあんなにすばらしい女性じゃないか。

コリオは心の中で彼女を賛美し続ける。

だがいくら褒《ほ》め称《たた》えても、彼女は喜びもしない。

なぜなら彼女はもう、死んでいるのだから。

「………辛《つら》いな」

と、呟《つぶや》いた。

そこまで考えて、コリオは気がついた。自分は何なのか。

自分は、爆弾だったじゃないか。

爆弾が恋をするのか。爆弾が幸福を求めるのか。

爆弾には、恋も幸福を求める心もないとしたら、今抱えているこの気持ちはなんなのか。

コリオは考え続ける。

思考はぐるぐると回るばかりで、出口は存在すら見えてこなかった。


ハミュッツ＝メセタの乗ったプロペラ機は、丸一日以上かけて、トアット鉱山の上空にたどり着いていた。空気がにごり始め、プロペラ機の窓には染《し》みが浮き始めていた。

「この空気の汚れはどうにかしないとねえ」

ハミュッツは窓から、外を見つめた。

トアット鉱山は、ハミュッツが自費を投じて造《つく》った、新しい『本』の鉱山である。

深く固い地盤を掘り出すために、巨大な石炭動力炉《ろ》を設置し、高度に機械化した掘削《くっさく》施設を作り上げた。その結果、貴重な古代の『本』を掘り出すことに成功したが、代償《だいしょう》として動力炉から出る煤塵《ばいじん》が町を覆《おお》ってしまっている。

「風でも吹いてくれれば、きれいになるんでしょうけど」

と、マットアラストは言う。トアット鉱山の周辺には、風が全くといっていいほど吹かないため、空気が動かなくてよどんでいる。

もし、風でも吹いてくれれば、この町の空気も少しはきれいになるのだが。

「でも、それじゃあ、解決にならないのよねぇ」

「たしかに」

「何とかしたいけど、わたしももうお金あんまりないのよねえ」

そんなことを話しながら、ハミュッツは操縦席の窓を開けた。風が吹き込んで、ハミュッツの髪の毛が激しく波打った。

「さっきも話したけど、ミレポはあくまでも連絡員よう。トアット山中に潜伏《せんぷく》して、先走っちゃだめだからねえ」

「はい」

「マットアラストは保安官と合流してねえ。鉄道関係者をあたって。三カ月以内にトアット鉱山に来た人間をリストアップして、本部の記録と照会して」

「はい」

「他の人の連絡はミレポを通じて。トアット鉱山までわざわざ来る必要はないから」

二人は頷《うなず》いた。ハミュッツの指示はいつも簡潔だ。

「それでは、ご武運を」

「代行、どうか気をつけて」

「君らもねえ」

短い挨拶《あいさつ》を交わすと、ハミュッツは窓から飛び出した。真っ逆さまに落下した後、ふわりと体を回転させ、土に巨大な足跡をつけて着地する。

プロペラ機は遠ざかっていく。マットアラストが操縦席から荷物を投げ落とし、ハミュッツがそれを受けとめた。

「……さてと」

ハミュッツが降りたのは、山の中腹。鉱山と町を見下ろす丘の上だ。辺《あた》りの草はハミュッツが降りた衝撃で土ごとえぐれてめくれあがっていた。這《は》い出てきたモグラが慌《あわ》てて逃げ出していくのをハミュッツは『触覚糸』で感じた。

町までは約二キロ。見晴らしがよく、障害物の少ない、よい環境だ。

「さっそくはじめますか。手早く、ね」

と言って、ハミュッツは『触覚糸』を体から放出した。さしあたり一億本を放出し、かすかな上昇気流に乗せる。

不可視の『触覚糸』は、広く拡散しながら、町へと降りていく。

よどんだトアット鉱山の空気の感触を『触覚糸』が伝えてくる。

『触覚糸』からハミュッツの脳に情報が送られてくる。トアット鉱山の土の感触。家の感触。人の肌《はだ》の感触。音の振動と、声質、内容。町の風景と、人の感触。

二億本の『触覚糸』から送られてくる情報から、求める情報だけを選別していく。

「……ハミュッツ＝メセタを殺せ」

そう呟く男の声を感じた。

「ハミュッツ＝メセタを殺せ」と書かれた紙の感触を感じた。

ナイフを忍ばせた女。

体に爆弾を埋め込んだ男。

体に爆弾を埋め込んだ女。

「ハミュッツ＝メセタを殺せ」とささやき続ける人間たち。

彼らの所在と、数をハミュッツは認識していく。


鉱山近くの飯場《はんば》。積み上げられた土を崩《くず》して運んでいる三人に、監督が声をかける。

「おうい。新入りたち飯《めし》食わねえのかい」

「……」

固まって働いていた三人の鉱夫が、のろのろと顔を上げた。

「飯だあ。飯。飯食わねと働けねえぞ」

「……飯を食おう」

「ああ。そうだ」

彼ら三人は、仲間の男たちに気味悪がられていた。いつも一緒にいて、消して服を脱がない。出身地を聞いても何もしゃべらない。兄弟なのか、友人なのかもわからない。

彼らは小さな声で、話し続ける。

「ハミュッツ＝メセタを殺そう」

「ああ。ハミュッツ＝メセタを殺すんだ」


繁華街《はんかがい》の入り口付近。

「……」

物乞《ものご》いたちが、道行くものたちに声を上げている。自《みずか》らの窮状《きゅうじょう》を訴えるもの、幼い子を見せて哀《あわ》れを誘うもの、悲痛な歌を歌うものもいる。

その中に、一人だけ何もしていない物乞いがいた。

彼は下を向いたまま、ぶつぶつと呟いていた。

「ハミュッツ＝メセタを殺せ。ハミュッツ＝メセタを殺せ」

何十年も前に打ち捨てられ、新しい買い手もつかない家がある。

その誰も住んでいないはずの家に、何人かの女がいた。

一様《いちよう》にぼさぼさの髪の毛と、垢《あか》でてかてかになった服を着て、土の上に座り込んでいた。女たちは明らかに精神を破壊されていた。

「ハミュッツを、殺せ」

「ハミュッツ＝メセタを殺せ」

女たちはよだれを垂《た》らしながら呟いていた。


引っ越しを終えたのに、近所に挨拶にも伺《うかが》わず、ひたすら閉じこもっている家があった。

四人家族は、唯一《ゆいいつ》の家具であるテーブルの周りに座って、

「ハミュッツ＝メセタを殺せ」

「ハミュッツ＝メセタを殺せ」

と呟き続けていた。


『触覚糸』とはハミュッツが最も得意とする魔法であり、ハミュッツの最強を支える能力である。

触覚器と聴覚器と視覚器を体外に放出することができる能力である。

不可視不可触の糸を自身の魔法力で生み出し、それを飛ばす。そして糸が触れたものの形と色と感触、それに対象が立てている音を、糸を通じて感知することができる。

それほど難しい能力でも、特殊な能力でもない。だが放出する量と、糸の長さにおいて、ハミュッツに追随《ついずい》するものはいない。

糸は限界まで伸ばせば、五十キロメートル。本数は百億本を優に超える。この町を『触覚糸』で完全に包み込むことも、ハミュッツにとって難しいことではない。

「……………おーけい。これだけだね」

ハミュッツは半径五キロメートル以内の範囲に存在する敵の所在地を、一時間足らずで完全に把握《はあく》した。

「じゃあやっちゃいましょーかね」

そう言ってハミュッツは、尻《しり》のポケットから武器を取り出した。

武器は、一見するとただの紐《ひも》である。

長さはハミュッツの身長よりやや長い。そして、真ん中に布でできた、小さなポケットがついている。

その武器は、極《きわ》めて一般的に知られている、投石器という武器である
銃よりも、魔法よりも、弓《ゆみ》よりも古い武器。『始まりと終わりの管理者』が、人間を作って間もないころ、人間がまだサルと大差なかったころに使っていた武器だ。紐に石を引っかけて振り回し、遠心力を利用して投げるのだ。

無論、ただの投石器ではない。

紐は、古代に未来神オルントーラが生み出した神銅の剛線に、特異体質の女の髪の毛を寄り合わせたものである。布のポケットは、氷山の中から発見された古代竜の皮膚《ひふ》をなめして、同じく神銅の剛線で縫《ぬ》ったもの。

破壊することは神々の武器、『追憶の戦機』をもってしても、難しいと言われる投石器である。

礫弾《れきだん》は四種類。一般用の正二十面体の玉。長距離用の円盤型、近距離速射用の丸い玉。ふつうに落ちている石なども使う。

その投石器から生み出される弾の、最高速度は音速の五倍を超える。最大射程はじつに三十五キロメートル。静物必中射程は二十五キロを超える。

攻撃射程距離でハミュッツを超えるものは、神を除いて存在しない。


「…………ハミュ」

ぶつぶつと呟いていた男は、何の前触れもなく、横倒しに倒れ、隣に座っていた物乞いのほうに寄りかかった。

横に座っていた物乞いは、少し間抜《まぬ》けな間を置いて、恐ろしい悲鳴を上げた。

男の頭の後ろ半分が吹き飛んでいた。ずるりと、濃厚なソースのようになった脳漿《のうしょう》が滑り落ちた。

ハミュッツは頭上で紐を振り回した。革《かわ》にはめた正二十面体の狙撃弾《そげきだん》は、五秒の間に音速を超える速度に加速される。

きっかり六秒で一発目を射出。

玉の命中を確認せずに二発目を装塡《そうてん》。同じく六秒かけて加速。射出。

突き破られた壁。背後から貫かれた心臓。地に突き刺さった鉄の礫《つぶて》。

女の体の中心に穴がぽっかりと開いて、女は前のめりに倒れた。

「…………あう？」

「…………あううう」

倒れた女を見て、周りに座っていた女たちは犬の寝言のような声を上げた。

「ううう」

「ううああ」

精神を破壊された女たちが、何事かを呟き続ける。

二発目の礫弾が、隣の女の頭を打ち抜く。女は糸が切れたようにばたりと倒れた。

そして六秒後に、三発目が残り二人をまとめて打ち抜いた。

ハミュッツは止まらない。

加速。射出。再装塡。その作業を、休むことなく、十六回繰り返した。

遠くでハミュッツの弾に打ちぬかれる爆弾たちの感触が、『触覚糸』から伝わってきた。すべての玉は滞《とどこお》りなく命中していた。そして全員完全に殺した。

ハミュッツにとって、五キロ以内の距離にいる無防備な相手を狙《ねら》うことは、テーブルの上のリンゴを取るに等しい。

「……まあこんなもんねえ」

ハミュッツはあっさりと言った。そして、『触覚糸』を再度放出した。

戦いは始まったばかりだ。


「………猫色の、姫様」

何度目になるだろう。コリオはその名を呟いた。彼はベッドの上で寝返りを打ち、再度『本』に触れて猫色の姫様に会いに行った。

コリオは、ハミュッツを殺すための爆弾が、自分のほかに二十一人、トアット鉱山にいたことを知らない。知っているのはレーリアとヒョウエの二人だけで、レーリアがすでに死んでいることも知らない。

そして今まさに、十六人の爆弾たちが、ハミュッツの狙撃を受けて、なす術《すべ》もなく倒れていることも知らない。

ついさっき不可視不可触の『触覚糸』が、彼の胸の爆弾と、ベッドの上に置かれた『本』を、念入りに撫《な》で回していったことも、彼は知らない。

コリオはただ、黙ってベッドの上で寝そべっていただけだった。

彼は何一つ知らないまま、事態は急転していた。


「さあ、出ておいでシガル＝クルケッサ君」

ハミュッツは、『触覚糸』を再度伸ばした。

町をくまなく探って、奇妙な反応をした人間を探す。

爆弾たちをつぶしたことで、何らかの行動を起こしてくる人間を探していた。

爆弾たちに接触している中で、不自然な動きをするもの。

どこかから急な連絡を受けるもの。

ハミュッツのいる場所に近づいてくるもの。

それらを慎重に探した。

時が過ぎる。空の高くにあった日が、傾いて地に落ち始める。

街を覆い尽くしていた『触覚糸』が、しだいに動きを鈍《にぶ》らせる。

ハミュッツは頭痛を感じた。

すぐさま全開に放出していた『触覚糸』を体内に戻した。脳の情報処理能力が、限界に達した。

『触覚糸』とて万能《ばんのう》ではない。長く放出し続けていると、頭が膨大《ぼうだい》な情報量を把握しきれなくなる。頭が混乱していた。ハミュッツは、深呼吸をして、脳の回復を待った。

最初の探索で、シガル＝クルケッサの存在を、感知することはできなかった。感知できたのは、捨て駒《ごま》に過ぎないであろう爆弾たちだけだった。五千人を超える人間たちを全員常時監視して、敵の存在を探ることは、いくらハミュッツであっても不可能だった。

「……まあまあやるわねえ」

ハミュッツは敵の厄介《やっかい》さを認め、そう呟いた。

そしてハミュッツは荷物をまとめ、周囲を『触覚糸』でさぐりながら、慎重に山を降りた。狙撃手であるハミュッツにとって、町に降りることは多大な危険を伴《ともな》う。

だがそれでも、行っておかなくてはいけない場所があった。罠《わな》なのか、そうでないのかはわからないが、接触してみなければいけないと、ハミュッツは思っていた。

町に降り、通行人に混じって歩く。

大通りの端にある小さな安宿に、ハミュッツは向かっていた。

この町に、おそらくはただ一人残っている爆弾。

ハミュッツは、それを殺さなかった。尋問《じんもん》して情報を奪おうというような魂胆《こんたん》ではない。その爆弾が持っていた、一冊の『本』の欠片《かけら》が理由だった。

『触覚糸』で『本』を読むことはできないが、『本』に収められている魂の感触を感じることならできる。ハミュッツは、その『本』の感触を知っていた。

間違えるはずもない。あの空前絶後《くうぜんぜつご》の時の魔力は、あの女のもの以外ではありえないからだ。

安宿の女将《おかみ》がいるロビーに、足を運ぶ。

「どーもこんにちわですう。ハミュッツ＝メセタがちょっとばかり御用事なんですけどもお」

宿の女将は信じられない名を聞いた驚愕《きょうがく》に、口をあんぐり開ける。

「ハ、ハミュッツって、あの」

「そうですよ。ハミュッツ＝メセタです」

口をぱくぱくと開け閉めする女将に、ハミュッツは笑いかける。

「こちらにお泊まりのお客さんを、一人ぶっ殺させてもらいますけども」

女将の口は、あごが外れたかと思うほど開いた。

「かまいませんよねえ」

女将は何度も首を縦《たて》に振った。

ハミュッツの名前はその業績と、その恐ろしさの両方で広く知られている。悪名もまた、便利なものだ。

ハミュッツは女将のあとについて、二階へと上った。

「ここです」

女将は端の一室を指差す。

「ちょっと呼んでもらえますか？」

女将は言われるままにドアをノックする。

「コリオ＝トニスさん。おられますか？」

宿の女将が、中に呼びかける声を聞き、へえ、そういう名前なんだ、とハミュッツは思った。

「食事ならいりません」

帰ってきた声はぼそぼそとした、暗い少年の声だった。

「来客が」

ハミュッツはすでに、周囲に『触覚糸』の結界《けっかい》を張り巡《めぐ》らせている。宿の周囲の状況は、ほぼ完璧《かんぺき》に把握していた。女将に、怪《あや》しいところはない。半径百メートル以内に、包丁《ほうちょう》一本以上の武装をしている人間は、コリオ＝トニス以外にいない。警戒《けいかい》すべきものは、コリオの胸の爆弾のみ。それだけならハミュッツにとってそれほど恐れるに足るものではない。

にもかかわらず、ハミュッツは未《いま》だに罠の可能性を捨てていない。最大の警戒と緊張を身に纏《まと》いながら、表面上は平静さを保っていた。

コリオ＝トニスがばたばたとドアに駆け寄るのを、『触覚糸』で感じる。

「レーリア？　戻ってきたのか？　それともイア？　イア＝ミラ？」

ハミュッツはいきなりドアを開けた。ドアの前にいた、コリオは鼻を打って倒れた。

「あ、ごめん」

そう言いながら、ハミュッツは、部屋の中に入った。女将は逃げるようにその場を離れていく。

「……誰？」

鼻を押さえながら、コリオは言った。嘘《うそ》を言っている顔ではなかった。コリオは見知らぬ来客に驚いているようだった。

「なあに。君はわたしの顔も知らないの？」

コリオは疑問の表情を向ける。

「爆弾なんでしょ？」

その言葉を聞いて、コリオは驚愕に顔を引きつらせた。

「知らないなら教えるわよう。わたしがハミュッツ＝メセタ。ハミュッツはにやりと笑った。よろしくお願いなのよねえ」

「……あ、ああ」

コリオは、動けないようだった。

「もっと怖い人、想像してた？」

ハミュッツは笑いながら言った。

コリオは床にへたり込んだまま、動けなかった。足がすくんでいた。頭が空白になっていた。

「ハミュッツ＝メセタを殺せ」

「ハミュッツ＝メセタを殺せ」

その言葉が泡《あわ》のように意識の中から浮かび上がってきていた。

目の前にはハミュッツ＝メセタ。彼女を殺すために、コリオはいる。

しかし、胸の真空管を割り砕《くだ》くはずの指は、震えるばかりで役に立とうとはしなかった。

「もっと怖い人、想像していた？」

ハミュッツは言った。

コリオは、指を動かせと思う。

なぜ、動かない？　なぜ、指が震え、足がすくむ？

ハミュッツが怖いからか？　胸の爆弾を警戒する素振りもないからか？

動け、と思う。

指を動かし、爆弾を爆発させろ。お前は爆弾なのだから。

ハミュッツ＝メセタを殺せ。ハミュッツ＝メセタを殺せ。

頭の中がその言葉で埋め尽くされるのをコリオは感じる。

「まあいいや。質問。シガル＝クルケッサはどこにいるの？」

「知らない」

何を答えているんだと、コリオは自分を叱咤《しった》する。それよりも、爆弾を爆発させて、ハミュッツを殺せ。

でも、死んでしまったら、もう。

もう……。

「それともまさか君がシガル＝クルケッサなのかな？」

ハミュッツが問いかける。

「ちがう。知らない」

コリオは自問する。もう、何だ。ためらうべきことなど。

ためらうべきことなど……。

「じゃあ、コリオ君。シガルはどこにいる？」

「知らない」

「シガルの顔を知ってる？」

「知らない」

「会ったことないの？」

「……ない」

「あらまあ」

ハミュッツは驚いているようだった。鼻の頭をぽりぽり掻《か》いて、次の言葉を放つ。

「ところでコリオ君。わたしを殺さなくていいのかな？」

「……」

「うふふ。そう。君は、そういうことなのね」

余裕のある笑顔が、コリオには逆に恐《こわ》ろしかった。

ハミュッツを殺せと、心は声高《こわだか》に叫び続けている。しかしもはやコリオの体は、散り散りに壊走《かいそう》する敗残の軍隊と化していた。戦闘命令に耳も貸さない、わなわなと震えるだけの役立たずになっていた。

コリオの恐怖を見越しているのだろう、ハミュッツは全く無防備にコリオに顔を近づけた。

鼻息が顔にあたるほどの距離で、ハミュッツが言う。

「じゃあ、安心して本題に入ろうかな。コリオ君。シロンの『本』見せて」

「『本』？」

「わかってるのよう。君が持ってるんでしょ？」

ハミュッツはにっこりと笑った。

「見せて。シロン＝ブーヤコーニッシュの『本』を」

「……シロン？」

コリオは聞き返した。聞きなれない名前だった。だが、コリオにはその名前が誰のものか直感できた。

「あるよね」

ハミュッツが、さらに一歩前に出る。あとほんのわずかで触れる距離で、ハミュッツは言う。

「没収《ぼっしゅう》だよ」

不思議なことに。

その言葉が、コリオに冷静さを取り戻させた。

あの『本』を失いたくないという、確固たる気持ちが、コリオの中に生まれた。怯《おび》えていた体が、機能を取り戻した。指が反射的に胸に向かった。力強く握られた拳《こぶし》の親指が、服の上から真空管に当たる。

「……………あれ？」

ハミュッツはコリオの変化を見てとった。笑顔の裏に隠された鬼気《きき》が増す。

「渡さない」

「あれあれ」

「渡すぐらいなら、一緒に爆発してやる」

「一緒に？　心中する気？」

「なんだろうと構わない。『本』は渡さない」

ハミュッツは、コリオをにらみつける。

「反抗する気なのねえ。そういうことすると、お姉さん悲しんじゃうのよねえ。あとこの年頃のお姉さんをおばさんって呼んじゃだめよう」

ハミュッツはおどける。コリオは、精一杯の気迫を込めてにらみ返す。

「いやだ。渡さない」

「じゃあ見せて。こっちは見せてくれるだけでいいのよ」

「……………渡さない」

コリオは首を横に振った。ハミュッツの笑顔が、少しずつ怒りを帯び始める。

「君は、何を考えてるのかな？」

「……俺は」

返事を考える間、コリオにほんのわずか迷いが生まれた。ハミュッツにはその程度で十分だったのだろう。いや、コリオに隙《すき》を作らせる必要すら、はじめからなかったのかもしれない。

一瞬でコリオの両手が確保されていた。コリオの体はうつぶせにひっくり返り、ハミュッツは後ろに回りこんでいて、両手の手首と肘《ひじ》が極《き》められていた。肘の痛みに声を上げそうになるまで、何をされているのかもわからなかった。

「折るよ」

ハミュッツは言った。

「……渡さない」

コリオは答える。ハミュッツは少しばかり困った声で言った。

「君は何を考えてるの？　そうまでして、竜骸咳《りゅうがいぜき》をばら撒《ま》きたいの？」

手首の痛みに歯を食いしばった。コリオは痛いのには慣れていた。それよりも何がなんだかわからない決意が、コリオを動かしていた。

「知らない。そんなこと知らない。あの子の『本』は渡さない！」

「……ふうん」

その瞬間、手が自由になったかと思うと、首に腕が回された。巨大な荒縄《あらなわ》が巻きついたようだった。

締め上げられる、と思ったその一瞬で、コリオの意識は闇《やみ》に叩《たた》き落された。


「……坊や。起きていいよ」

と、ハミュッツの声がした。コリオはベッドに寝かされていた。ハミュッツは隣の……かつてヒョウエが使っていたベッドに腰掛けて、コリオの顔を覗《のぞ》き込んでいた。

「ねえ。状況がさっぱりわかんないのよぅ。この『本』、シガルにもらったんじゃないの？」

ハミュッツは言った。左手に手袋をはめて、猫色の姫様の『本』を持っていた。すでに中身は確認したのだろう。

「……返せ」

「だめよう。『本』はわたしの図書館で管理しなきゃいけないのよね」

「……そんなのは知らない。返せ」

ハミュッツはやれやれというように肩をすくめた。

「じゃあね、わたしの質問に答えたら、ちょっとだけ考えてあげる。あと、爆弾使おうとしても無駄なのよ。君の指が動く前に、君の頭砕けるのよね」

頭を砕けるという話は誇張ではないだろう。

手首をつかまれた感触は、人間が相手とは思えなかった。スピードもコリオには動いたことすらわからないほどだった。コリオが真空管を砕く前に、ハミュッツはコリオの頭蓋《ずがい》を砕くだろう。

　ハミュッツ＝メセタは世界最強の一人だという。最強の実感を、コリオは全身で感じていた。

「………『本』は、もぐりの『本』屋で買った。路地裏でシートを広げて売っている『本』屋だった」

「わお」

　ハミュッツは素《す》っ頓狂《とんきょう》な声を上げた。

「あらまー。いやっほー。信じらんないわねえ。ほんとなの？　それ」

　コリオは頷いた。

「じゃあ、シガル＝クルケッサは知ってる？　竜骸咳のことは？」

「……クルケッサは、少しだけ知ってる」

「どういう風《ふう》に？」

「一度、そういう名前を聞いた。あとは知らない」

「竜骸咳って知ってる？」

　コリオは首を横に振った。

「何も知らないの？」

　コリオは頷いた。ハミュッツは頭を抱えた。

「ほんとだとしたら、ものすごい偶然。でもなんとも思わなかったの？　シロン＝ブーヤコーニッシュの『本』を持っててさ」

「シロン……」

確認してはいないが、彼女の名前なんだろう。名前を聞いただけでしっくりいった。違和感なんて何もない。猫色の姫様は間違いなく、シロン＝ブーヤコーニッシュだ。知りたかった彼女の名前を知って、コリオの顔が思わずほころんだ。

「いきなり笑われると怖いのよねえ」

「……………シロン＝ブーヤコーニッシュ。そういう名前なんだ。彼女は」

「君はもしかして、彼女が誰か知らなかったの？」

コリオは頷いた。

「事態はわたしの想像を超えていましたーって感じねえ」

そう言うと、突然ハミュッツは立ち上がって、窓に近づいた。

「ねえ、外に行かない？」

そう言うなり、ハミュッツは窓の外に身を翻《ひるがえ》させた。

「え？」

コリオが駆け寄って、窓から顔を出して下を見る。

「ほーら」

ハミュッツの声が上から聞こえた。襟《えり》をつかまれて、コリオの体が持ち上げられた。軽々とコリオをつまみ上げたハミュッツは、片手の、しかも指三本しか使っていなかった。

ぎしぎしと軋《きし》む木の屋根の上に、コリオは降ろされた。

「ここは、ほんとに眺めが悪いのよねえ」

ハミュッツは言った。さっきほどの威圧《いあつ》感を、ハミュッツから感じなかった。彼女がコリオへの警戒を解いたのかもしれない。

「君は彼女に惚《ほ》れちゃったのかな」

いきなり言い当てられて、驚いた。だが、そうだということはわかっている。

「ふうん」

何も答えなくても、ハミュッツには顔色でわかるらしい。コリオの顔を見下ろしながらふふ、と笑った。

ところが急に、ハミュッツが恐ろしい目になって、遠くをにらみ始めた。表情を変えたわけではないのに、ハミュッツが柔和《にゅうわ》な普通の女から、無双《むそう》の戦鬼になっていた。

「…………ハ、ハミュッツ＝メセタ」

「ハミさんって呼ぶことを許可よ」

その口調は軽い、しかし、静かな威圧感が肌をあわ立たせる。敵意のない猛獣《もうじゅう》の口に、顔を突っ込んだような緊張感。圧倒的な実力差を教える、本能の絶叫《ぜっきょう》。

十五秒ほどで、ハミュッツが緊張を解いた。

「気のせいねえ。一瞬、こっち向いたかと思ったんだけどさ。まあいいわね」

何のことかはわからなかった。

「ハミュッツ＝メセタ。教えてほしい。彼女は、シロンは何なんだ？」

「君に教えなきゃいかんってことじゃないのよね」

「お願いだ。教えてほしい……どうしても知りたい」

ハミュッツは少しの間考えていた。

「……いいや。話しちゃえ。どうせ……ね」

「え？」

「ん。こっちのこと。教えてあげるわ。この女の名前は、シロン＝ブーヤコーニッシュ。俗《ぞく》に常笑いの魔女と呼ばれてるわ」

「……………」

「昔、二百五十年前にね、竜骸咳っていう病気が大流行したの」

「それが何の関係がある？」

「そのときに、救世主と呼ばれたのがシロン＝ブーヤコーニッシュ。この女は、常笑いの聖女と呼ばれて称《たた》えられたわ。

ほんの、一年足らずの間だけね」

「一年？」

ハミュッツはゆっくりとした口調で、シロン＝ブーヤコーニッシュのことを語り始めた。

一九二三年の、船舶強襲《きょうしゅう》作戦の最中、ハミュッツはある『本』の破片を見つけた。『本』

の管理はハミュッツの本分である。彼女はすぐさまその『本』の破片を回収した。

その本を見て、ハミュッツは驚愕した。

『本』の主《あるじ》の名は、シロン＝ブーヤコーニッシュ。その別名を、常笑いの魔女。いまなお、世界で最も忌《い》み嫌われる名前の一つである。

三毛猫《みけ》のような異様な髪の毛。

物静かで端正《たんせい》な顔。

腰に佩《は》いた無敵の魔刀シュラムッフェン。

その恐るべき所業《しょぎょう》とは裏腹《うらはら》に、彼女は美しく可憐《かれん》な少女であった。


彼女が生きた時代は、約二百八十年の昔である。

ある日、ロナ王国で、巨大な水晶の化石が発見された。中には肉を保ったままの古代竜が閉じ込められていた。

貴重なものである。国王はたいへんにそれを愛し、水晶の化石は国宝とされた。

だがそれはその国を滅亡に追い込む、大災害の始まりだった。

まず、王が死んだ。次に王妃《おうひ》、その次に息子たちが上から順に死んだ。運命の神が図《はか》ったとしか思えないような状況で、王族たちが次々と病死していった。

症状はみな同じだった。

痰《たん》の出ない咳《せき》と、急激な体温の低下。消化器官の麻痺《まひ》。喉《のど》に浮かび上がる、異様な黒いあざ。既存《きぞん》のあらゆる薬は逆効果で、どれほど頑健《がんけん》な体の持ち主でも、自然治癒《ちゆ》の兆候《ちょうこう》すら窺《うかが》えない。人々は恐れた。その病気は伝説の中の、もはやおとぎ話となった伝説の中の病気だったからだ。

病気の名は竜骸咳という。

楽園時代の終わり、邪悪な竜を殺すために、過去神バントーラが無から生み出した病《やまい》であった。

死を司《つかさど》るバントーラが生み出した病である。その殺傷力は絶大であった。邪竜は瞬《また》く間に全滅した。

しかし、あまりにも強すぎる殺傷力は、人や神にもその牙《きば》を向け始めた。神々はその病を封印し、病原体は空の彼方《かなた》へと追放された。この罪を受け、過去神は地の底に封じられた。

竜骸咳の病原体は、この世からなくなったはずだった。しかしその竜は、病気にかかったまま、水晶の中に閉じ込められていたのだった。

王族の全滅からまもなく、竜骸咳は世界に広まった。神の生み出した病である。その広がりも恐ろしく速い。

人々はパニックになった。竜骸咳の患者は、隔離《かくり》され、あるいは容赦《ようしゃ》なく殺された。

半年の間に、人口の二十分の一が死に、汚染地域は世界の五分の一まで広がった。

そこにどこからともなく現れたのが、彼女だった。

その名はシロン＝ブーヤコーニッシュ。

強力な魔術親和性を持った人間特有の、異様な髪の色。朗《ほが》らかで優しい笑顔を、一瞬たりとも崩さない奇妙な女だった。

シロンは、竜骸咳に苦しむ人に、薬を与えた。誰もが、彼女の正気を疑った。神が生み出せなかった竜骸咳の治療薬を、人間が持っているはずがなかった。

しかし、治療薬は、本物だった。病人は薬を投与されてから、ほんの数日で全快した。

薬をどこから持ってきたのか、と人が聞くと、

「千年後の未来から」

と、シロンは答えた。

彼女は、空前にして絶後の予知能力者だった。百年後の未来すら見通せるものはそれまでいなかったのに、彼女はその十倍の時間を超えることができた。

千年後の科学力ならば、人間の免疫《めんえき》機能そのものを変化させる薬を生み出すことができるとシロンは言った。

その技術を用いれば、簡単に竜骸咳の特効薬を生み出すことができるという。

説明を理解できる科学知識の持ち主はいなかったが、それでも特効薬が存在するという事実だけは誰もが理解できた。

シロンは自ら製薬工場をつくり、薬を作って売り始めた。

その材料は現代に伝わっていない。

薬はかなり割高だったが、それを気にするものはいなかった。金を持つものはみなこぞって

買い、心ある者たちは貧民たちにも分け与えた。

王が、貴族が、神官が、武装司書が、彼女を褒め称え、聖女とあがめた。

ありったけの財宝を彼女に寄進《きしん》し、あらゆる名誉ある称号《しょうごう》を彼女に与えた。

シロンは常笑いの聖女と呼ばれた。

その頃のシロンの『本』の欠片《かけら》が、神溺《しんでき》教団の船の中に残されていた。

ハミュッツはすでにそれを読んでいる。


広い、ダンスホールほどの広さの部屋は、雑然としている。壁一面に、貼《は》り付けられたメモと、床の上に詰まれた紙の束。棚に立ち並ぶ瓶《びん》の中には、薬品に浸《ひた》された昆虫や小動物が、今なお生きてうごめいていた。

シロンは簡素な白い服を着て、フラスコの中身を眺めていた。

奇妙な笑みが、顔に浮かんでいた。優しく、美しい笑みだったが、不思議と心休まらない笑みだった。

「…………安定していますね」

「おお」

と言ったのは、隣で見ていた、禿《は》げた中年の男である。たたずまいは泰然《たいぜん》として、地位のある男に見える。

「今までは、一度に約十人分しか作れませんでしたが、この方法ならば、作業効率は五百倍ほどになるでしょう」

シロンは、フラスコをホルダーに置いて、栓《せん》をした。そしてシロンは棚の中からいろいろなものを取り出し、机の上に並べた。

「では、今日のうちにあと、一千人分ほど、作りましょう」

その彼女に、禿げた男は言う。

「常笑いの聖女様。何度も申しましたことですが、方法をお教えくだされば、私どもが作ります。あなた様はお休みください。ここ最近、昼も夜も寝ていないではありませんか」

「……いいえ。平気です。あなたこそ、わたしの手伝いに忙しいでしょう」

「そんなことはありません、むしろ客気《かっき》にはやって、いてもたってもいられません」

禿げた男は力説する。

「お気持ちだけいただきましょう」

シロンは、すげなく返す。禿げた男は、シロンに一歩詰め寄って言い返す。

「そんなことはありません。わかっておられないのですか？　もしあなたに何かが起これば、この世界は滅びかねないのですぞ」

「わたしは平気です。それよりも、皆さんのお命を」

「いいえ、そういうわけにはいきません」

禿げた男は平伏した。

「お願いします。どうか、製法をお教えください」

「ご勘弁《かんべん》を。困ります」

「お困りは承知《しょうち》の上!! どうかお教えください!」

シロンは、薬品を天秤《てんびん》に載せる手を止め、人差し指で床に散らばった本の一冊を指差した。

「その本を、ご覧《らん》ください」

「おお!!」

男は、すぐさまノートを手にとり、

「下のものに書き写させましょう! 少々お借りいたします」

と言って、どたどたと足音を立てて駆けていった。

禿げた男がいなくなると、シロンの顔から急に笑顔が消え去った。

「いやはや、困ったことですなあ」

そのとき、虚空《こくう》から響く声。声に向かってシロンは言う。

「ワイザフ」

「ならないと言ったでしょう。治療法は絶対の秘密。伝えたものには死あるのみと」

魔術師ワイザフが、姿を現す。彼に向かって、シロンは言い返す。

「わかっています。あの本は偽物《にせもの》です」

「なんと!」

と、ワイザフはわざとらしく大声を上げ、手で額《ひたい》を打って笑った。

「これまたとんだ勘違《かんちが》い」

「……な」

シロンの手から、ピンセットが落ちる。

「馬鹿《ばか》な！」

「いやいや小生、生来のうっかりものでしてな」

「男爵《だんしゃく》どの！」

ワイザフの言葉も聞かずに、シロンは走り出す。しかし、影のようにつきまとってきたワイザフが、後ろからシロンに囁《ささや》く。

「無駄ですよ。肉体ごと抹消《まっしょう》しましたから」

「そんな……」

シロンは、ドアを開けかけたところで、止まる。

「この結末は予知していなかったようですな」

「なんてこと……」

シロンは立ち止まり、顔を覆った。

「千年先を見通せるくせに、身近なことにはうとい。あなたも損《そん》な性分《しょうぶん》ですよ」

笑い声とともに、ワイザフの声が遠ざかっていった。

ちなみに殺された男は、当時の大国ユベオン王国の宰相《さいしょう》である。

シロンの名声は、一年後、突然に崩壊《ほうかい》した。

彼女の裁判は、唐突《とうとつ》に始まった。裁判の内容を聞いたもののほとんどは、ありえないと声を張り上げた。

シロンの罪状は、世界滅亡未遂《みすい》罪。具体的には、竜骸病がより広い範囲に感染するのを待ち、総計で百万人に及ぶ人間たちを見殺しにした罪だった。

シロンは、竜骸咳が世界中に蔓延《まんえん》する遥《はる》か前から、薬の作り方を予知していた。しかし彼女は薬の製法を独占した上に、薬を売り控《びか》えて、患者が増え、値段が高騰《こうとう》するのを待っていたというのだった。

民衆は、激怒した。誰もが家族や知人を失っていた。シロンがはじめから薬を売っていれば、ほとんどの患者の命が助かったのだ。人々の怒りはどこにぶつけようとも収まらぬものだった。

死罪を覆《くつがえ》す理由はなかった。裁判はたったの一時間で閉幕。被告、検事両者の答弁は、傍《ぼう》聴《ちょう》する民衆の怒号《どごう》でほとんど何も聞こえなかったという。

死刑判決を下す裁判官の声に、民衆から歓喜《かんき》の声が上がった。

その二時間後、シロンは断頭台に消えた。

裁判から死刑執行に至《いた》るまで、彼女は何一つ抵抗らしいことをしなかった。

いまだ血の滴《したた》る首は、広場の槍《やり》に突き立てられた。首のない胴体は、服をはがされたうえに、凶悪犯罪人の収容所に放り込まれて、腐り果てるまで辱《はずかし》めを受けたという。

彼女が築きあげた莫大《ばくだい》な財産は、国家に没収された。

薬を売って得た金は、一説にはある国家の三十年分の予算を越え、没収された財産の取り分をめぐっては戦争すら起こった。

不思議なことに、その後、竜骸咳の特効薬の作り方を記した文書がすべて消え去っていた。さらにはそれを知るものもすべて消され、消されたあと掘り出されるはずの『本』もどこかに持ち去られていた。

それらの犯人の正体は今なお不明である。神溺教団の手のものであることは、ほぼ間違いないのだが。

裁判の時期の『本』が、神溺教団の船の中に保管されていた。


「つまり、シロン殿……あなたは我々を、欺《あざむ》いていたということですか？」

「そのとおりです。フィーレア宰相殿」

シロンは言った。

着ているのはドレスではなく、男物の簡素な服と、革の胴衣《どうい》。造形美を無視して、機能性を追及したその服は、きっと彼女の戦闘服なのだろう。彼女は両足のかかとを合わせ、背筋《せすじ》を伸ばして立っていた。

七枝燭台《しょくだい》の灯《ひ》に照らされた、薄暗い部屋の中で、シロンは男と話をしていた。

黒い僧服の上に白い宰相の衣を羽織《はお》った、初老の男だった。

男は両手で顔を押さえて、天を仰《あお》いだ。

「……神よそんな……それは私にはあまりにも……」

「フィーレア宰相殿。事は急を要します。わたしの裏切りはすでにワイザフに知られています。半刻《はんこく》もしないうちに、ここは奴《やつ》の兵が囲むでしょう」

「……しかし、シロン殿、私は」

「王のもとに向かい、この事実を公開するのです。さあ、早く」

宰相は、言った。

「……公開したら、私はどうなるというのですか」

「わかりません」

「嘘だと言ってください。シロン殿。私どもが迎えたあなたたちが……おお、あの恐ろしい神溺教団だとわかったら、私は……」

「神溺教団だということは、明かさなくてよいでしょう」

「それはそうですが」

「とにかく時間がないのです。わたしにシュラムッフェンがある限り、わたしが負けることはありませんが、王やほかの方たちはそうではありません。狙いをわたしから彼らに変えたとしたら、命を保つのは難しいでしょう」

「わかりました。誰か、馬車を用意してくれ」

呼び鈴が鳴った。だが答えるものはいない。もう一度鳴らしても、誰も来ない。

「誰か詰めていないのか。どこに行った？」

外に出ようとする宰相を、シロンが止めた。シュラムッフェンを右手に下げ、ドアの横に張りつく。

「フィーレア宰相殿。先手を打たれたようです」

「なんと」

「……お守りします。脱出いたしましょう」

「は、はい」

フィーレア宰相は、あたふたと壁にかけてあった槍をとり、上着を脱いだ。

「わたしが先を行きます」

「私も戦います。なあにこう見えても、若いころは」

「必要ありません」

「しかしあなた一人では」

「魔刀シュラムッフェンは、形あるものに負けることはありません」

シロンは、剣を振るった。シュラムッフェンが笑うような音を立てた。シロンの周囲で、空気がパチ、パチ、とはじけた。

「穢《けが》れよシュラムッフェン」

シロンが命じると、剣は高らかに笑った。

その瞬間、空中に奇妙な線が走った。不可視の鳥が、超高速で飛び去ったような、あるいは姿のない巨人が、空中を掻《か》きむしったような、色も形もない線が走った。

線は壁を、天井を、切り裂いてうなり狂う。

とたんに上がる、人間たちの悲鳴。部屋の外はすでに敵兵で埋め尽くされていた。

ゴミのようになぎ倒されていく、人間たちの悲鳴。

ひと振りで殺された人間たちは、何十人に上ったか。

しかし、外に待つ兵士の数は、その十倍を優に超す。

シロンは兵士たちに叫んだ。

「引きなさい。魔刀シュラムッフェンに勝てる人間はいない！」

その言葉が、虚勢《きょせい》でないことをすでに証明している。まだ生き残っている兵士たちは、怖気《おじけ》づいて足を止めた。

「………行きなさい。どうせ安い命だろう？」

後ろから、よく通る声がした。その声を聞くや否《いな》や、兵士たちはしゃにむに突撃してくる。

「………くっ」

振り下ろされるシュラムッフェン。またわら人形のように兵士たちが倒れていく。しかし、彼らは止まらない。胸の真ん中を切り裂かれたものすら、槍を杖《つえ》代わりにして這いずっていく。

「……シロン殿」

後ろから、フィーレア宰相の声がする。槍を震える腕で構えている。部屋の外で行われている惨劇《さんげき》と、吹き込む血肉の匂《にお》いに怯えていた。

「出てこないでください！」

「……しかし」

「わたしを裁けるのはあなただけなのです！」

シロンは、三度目の刃《やいば》を振るう。空中を躍《おど》る刃の線は、先刻よりも的確に兵士たちの命を奪っていく。

近づくことは不可能と見た兵士たちが、弓を使う。

数百本の矢は、壁のような刃の線に阻《はば》まれ、ばらばらになって落ちた。

「弓はききませんよ。槍で突きなさい」

兵士たちは後ろから聞こえる声に従い、槍を構えて突撃する。

「あなたを裁けるのは、後ろの下男《げなん》ではありませんよ。常笑いの姫君。あなたを裁けるのは私だけです」

虚空《こくう》から声が響く。その声はあの、魔術師ワイザフの声である。

「黙れワイザフ」

「死ぬがいい、シロン」

シロンは声の方向に、もはやなんのためらいもなく剣を振るった。

血はとめどなく大地に流れていき、戦いは、熱を増していくばかりだった。


時は少し過ぎる。

「弁護人の、ローメ行政官です。よろしくお願いします」

「……よろしくお願いします。シロン＝ブーヤコーニッシュです」

彼女は薄いくたびれたローブを羽織り、粗末な木の椅子《いす》に腰掛けて、一人の男に自己紹介をしていた。

綺麗《きれい》な猫色の髪はほつれ、長い間手入れをされていないように見えた。はだしの足は埃《ほこり》に汚れて、冷たい石造《いしづく》りの部屋の中で、軽いしもやけになっているようだった。

彼女は囚人《しゅうじん》だった。

「……ご存知かとは思いますが、あと六日の後に、王と宰相、民衆代表、僧正《そうじょう》と武装司書官を交えた裁判が行われます。

その場において、あなたの味方は私一人となるでしょう」

「ありがとうございます。辛《つら》い仕事を引き受けさせてしまって」

「いいえ。私が守るのは国家の正当な裁判です」

ローメ行政官なる人物は、厳粛《げんしゅく》な顔で言った。

「断言しておきます。あなたが死罪を免《まぬが》れる術《すべ》を、私は知りません。一時期は、いまだあなたの無実を信じるものもいました。しかし、あなたの提出した証拠によって、もはや片手で足りるほどにまで、その数は減りました」

「はい」

「厳正かつ正当な裁判を望むあなたの姿に敬意を表します」

「はい」

ローメ行政官は、堅気《かたぎ》で真面目《まじめ》な人間に見えた。シロンもそのことを悪くは思っていないようだった。

「減刑を促《うなが》せるとしたら、あなたが自首したこと。あのおぞましい神溺教団と、その頭目のワイザフを滅ぼしたことがあげられます」

「……はい」

「それに、あなたがいなければ、世界は滅んでいたこともまた事実。その部分を評価し、減刑を求めるものの声もわずかですが聞こえます」

「……そうですか」

「あなたは徹底的に争うべきです。あなたはその権利を持ち、私はその能力を持っている」

「ローメ行政官どの。ぶしつけな質問ですが、あなたはお知り合いを、亡くされましたか?」

「………」

ローメ行政官は言葉に詰まった。

「亡くされていないのですね」

「顔見知り程度なら」

「理《ことわり》を説いたところで、人々の怒りは、収まるものではありません。むしろ、ますます高まることでしょう。そうなればあなたすら危ない」

「……」

「これでいいのです。ローメ行政官。わたしはもう満ち足りています」

「死ぬつもりですか？」

「裁かれるつもりです」

「……どうして。あなたは……そう、満ち足りていらっしゃるのですか」

「申し上げても、せんないことでしょう」

シロンの表情は不思議に優しく、迫りくる死への怯えも感じさせないものだった。


シロンの『本』の欠片《かけら》二冊とともに、ハミュッツはテロリストの書いた手記を発見した。それによると、『本』の欠片はもともと三冊あったという。それに続いて、こんな一文があった。

『聖女の『本』の一つを、シガル＝クルケッサに渡す。我々には不要のものゆえ、無償《むしょう》にて渡す。竜骸咳の薬による儲《もう》けのいくばくかは、我々にもたらされることだろう。

金は我々にとって手段だが、シガルにとっては目的のようだ。奴はいかなる手段でもとることだろう』

そして、恐ろしいことに奴らの船の中には、竜骸咳に感染した人間を、水晶に封じ込めて保管してあった。さらにはその水晶には、最近穴を空《あ》けた形跡があったのだ。

武装司書たちは、すぐに行動を始めた。

各地に、部下を派遣《はけん》し、シガル＝クルケッサの手がかりを探すことを命じた。

ハミュッツは、シロンのことを説明した。そして、最後に付け加えた。

「ちなみに、シロンの使っていた剣のこと、知ってる？」

「知らない」

「君、本当になあんにも知らないのねえ。そういう相手って教え甲斐《がい》あるわあ。

あの剣はね、常笑いの魔刀シュラムッフェンっていうの。

この剣はね、昔、殺し専門の天使が使っていた武器でね、剣のくせに考えたり、攻撃したり防御《ぼうぎょ》したりする剣なのよ。

因果《いんが》超越攻撃っていう攻撃をしてくる剣でね、切るっていう過程と、切られるっていう結果を切り離すことができるわけ。ちょっと難しいかなあ。簡単に言えば、振るうだけで近くにあるものが勝手に切れるし、持ってるだけで来た攻撃を勝手に防いでくれるわけ。すごいわねえ。

でもね、反面抜いてないと機能しないわけだから、不意打ちに弱いわけなのね。

何でも痛し痒《がゆ》しなのよねえ。

シロンちゃんが、ある湖底《こてい》に封印されているのを見つけて使ってたんだけど、シロンちゃんが死んでからはどこにいったのかわからなくなってたわ。興味ある？」

「……………ない」

コリオは正直に答えた。コリオの興味はシロンであり、別に彼女が使っていた剣という以上の興味はそそられない。

「ふうん。まあいいわ」

それで、シロンに関する話は終わりのようだった。

口調はのたのたとしていたが、内容は整然としていてわかりやすかった。

「どうするんだ、これから」

「それは君は知らなくていいのよう。このハミュッツ＝メセタが、何とかしちゃうんだから」

「そうじゃない。彼女の『本』をどうするんだ」

ハミュッツは困ったなあとでもいうように、頭を掻いた。

「まあ、それはおいおいね」

と適当なことを言い、すぐに話題を変えた。

「ところで同情するわよう。コリオ君。大好きになっちゃった女の子がこれで。キスもできなきゃ、デートもできないわねえ」

軽い口調で言った。明らかに同情している声ではない。

「一説には、シロンは何者かに脅迫《きょうはく》されていたという説もあったのよねえ。眉唾《まゆつば》だったけど、奴らや君が持ってた『本』によると、本当らしいのねえ。シロンちゃんはワイザフって奴の言いなりだったみたい」

ハミュッツは頭をぼりぼり掻いた。

「でもねえ、だからっつって、シロンが悪くないとも思わんのよねえ。実際、百万人以上が死んだことには変わりないし、責任の一部はシロンにあるわねえ。常笑いの魔女といわれるのも、かわいそうだけどしょうがないかなあ」

「……………違う」

コリオはぼそりと口を開いた。

「違わないわよう。シロンは確かに、神溺きょ……おおっと、言っちまうとこだったわ」

「？」

「ごめん、とちった。シロンは確かにワイザフに協力していたわ。彼女が望んでいなかったにしろ。無関係ではないわねえ。かわいそうだとは思うわよ。でもそれとこれとって別だと思うのよね。どんなにかわいそうでもさあ、罪には罰《ばつ》が必要なのよ」

コリオは反論する。

「……………違う。罪はない。あの子はなにも悪くない」

「君は強情だねえ。恋する少年。あんまりしつこいと嫌われちゃうわよ」

「そうじゃない……あの子は何も悪くない。何十万人だかなんだか知らないが、死んだところで、どうでもいいんだ」

ぴく、とハミュッツのこめかみに力が入った。口調から冗談みが薄れる。

「ほお？　コリオ君。彼女が悪くないと？」

「死んだ奴らは人間じゃなくて、人間のふりをしているだけだ」

「どういうことかな恋する少年」

ハミュッツは聞く。コリオは語る。

「人間とは、素晴らしい存在だ。誰も、人を傷つけたり悲しませたりする権利はなく、誰も傷ついたり悲しんだりすることなく生きている。

でも、実際には傷つけられたり、憎《にく》まれたりする人もいる。そういう人は、人間に見えるけど、人間じゃない。

人間は大切なものだが、人間もどきは大切じゃない。

人間が誰かに殺されたり、憎まれたりするのは許されないことだが、人間もどきは、どうなろうとも構わない」

コリオは語る。ハミュッツは、黙ってそれを聞いていた。さっきまで無駄にしゃべっていた彼女が黙っているのは、コリオにとって不気味であった。

「それは君が考えたの？」

「……いや、違う。そう教えられたんだ」

「おかしいなって思わなかったの？」

「疑問に感じたことはない」

「どうして？」

「自分は爆弾だからだ」

コリオの言葉は、このときすでに破綻《はたん》している。だが、コリオはその破綻にも気がつかない。

ハミュッツは、もしゃもしゃと頭を掻いた。

「ん、そういうの嫌いだわねえ、わたし」

ハミュッツは、ゆらりと立ち上がった。

そしてゆっくりと拳をかため、コリオの鼻面《はなづら》に、一撃、えぐりこませた。顔の骨がよじれるような一撃だった。飛び散った鼻血が顔の下半分にかかった。

「間抜けが。わたしがちょっと優しいと思って、油断したか?」

口調が、がらりと変わっていた。ハミュッツはコリオの胸倉《むなぐら》をつかんで、高々と吊《つ》り上げた。

「どっちかっていうとこっちがわたしの本性だ。理解しろ」

ハミュッツの笑顔が変わっていた。日向《ひなた》ぼっこをするような平和な笑顔から、まだ生きている鼠《ねずみ》の内臓をいたぶる猫のような顔に、変わっていた。

「ガキめ。殺すつもりだったが、気が変わった。生かしておいてやる」

そう言って、ハミュッツの頭が、コリオの顔に打ちつけられた。コリオを片手でつかみ上げ、額で釘《くぎ》でも打つように頭を叩きつけてくる。

ハミュッツの額は鉄塊《てっかい》のようだった。一撃ごとに脳の中心がしびれる。コリオは歯を食いしばってそれに耐えた。

「悲鳴も上げないか。打たれ強さはオトナの男だな」

コリオの体が放り捨てられた。

「言っておくがな、わたしは怒ってるわけじゃないぞ。怒ってたらてめえの内臓は糞《くそ》まみれのひき肉になってる」

うつぶせに倒れたコリオの髪の毛が、ハミュッツに引き上げられた。

「ただ、わたしはてめえみたいな考えかたの奴が大好きで、思わず熱烈に愛しちゃってるだけだ。

で、もう一度聞くぞ。シロンちゃんはとっても素敵な人間様で、他の奴は人間じゃなくてぶっ殺してもよし、と」

「そうだ」

「で、お前は人間じゃないから死んでよしと」

「そうだ」

「いいだろう。今日のわたしはお前にとても親切だ」

「え?」

「じっくり人間について考えろ」

と言って、コリオの顔が、万力《まんりき》のような力で押さえつけられた。見たところ、コリオと同じぐらいの体重の相手とは思えなかった。巨人に足で踏みつけられているようだった。

「動くな。動いたら肋骨《ろっこつ》を一本引き剝《は》がす。わめいたら眼球を半分えぐる」

ハミュッツの足がコリオの腕を、もう片方の足が腹を押さえつけた。動くどころじゃなかっ

た。

コリオのシャツがゆっくりと脱がされた。

裸《はだか》になったコリオの胸に、悪魔のような手が差し入れられた。

内臓を直接えぐられて、コリオはもがき苦しんだ。その様子をハミュッツは、上から眺め下ろしていた。

「ん、んぐう、ぐんんんむううう、あああああ、あああああ」

コリオはわめく。上にのしかかるハミュッツは微動だにしない。

「ひでえな。単純な構造だ。相当投げやりなお仕事だな」

ハミュッツは石をバターのようにほじくりながら、中の銅線の接続を探っていた。

「ここをこうして」

胸の中で火花がはじけ、胸の肉から煙が上がった。チ、チヂヂ、という音と立てて、力を込めて手を引き抜いた。

ハミュッツの指先に真空管があった。

人差し指で真空管をはじくと、小さな青い火が上がってすぐ消えた。

「いい感じねえ。これで、爆弾は使えなくなったわね。もう君は爆弾じゃない。人間だよ」

よだれを流しながら倒れているコリオを踏みつけて、ハミュッツは立ち上がった。口調が元に戻っていた。

「じゃあね、坊や。生きてたら会いましょうねえ」

ハミュッツは屋根の端に向かい、飛び降りようとする。

横たわったまま、呆然《ぼうぜん》としていたコリオは、声を振り絞《しぼ》って言った。

「……まって、待ってくれ」

ハミュッツは振り向く。

「レーリアは、レーリアは生きてるのか？」

「レーリアってのが、誰かは知らないけども、この町にいる爆弾は君一人だよ。いや、違うわ。この町にもう爆弾はいないわ」

「……うそだ」

「じゃあね」

ハミュッツは屋根の上から飛び降りた。その姿は見えなくなった。


「あ。しまった」

コリオのいた宿が見えなくなった辺りで、ハミュッツは立ち止まった。

「神溺教団のこと微妙にしゃべっちゃったよ」

殺す予定だったから、かまわないかと思ったのだ。今のうちに殺しておくべきだろう。だが、いまさら引き返すのも面倒《めんどう》くさかった。それに一度、生かしておくと言った相手だ。

「……あとで記憶封印しとこ」

ハミュッツはそう言って、歩き出す。

大きな仕事を前にすると、簡単な仕事を後回しにする悪癖《あくへき》がハミュッツにはある。


コリオは、部屋の中で呆然としていた。胸がひりひり痛み、吐き気がする。

だが、それ以上に爆弾を失った空虚感《くうきょかん》が、コリオの心に満ちていた。

君は爆弾じゃない。人間だよ。

レーリアなら、そう言われて喜んだだろうか。そうコリオは思う。

いや、喜ばなかっただろう。あいつははじめから、人間として生きていた。

爆弾になんか、なっていなかったんだ。

コリオは真ん中をえぐり取られた胸の爆弾を撫でた。核となる真空管を失ったそれは、ただの重荷でしかなかった。

「……人間か」

コリオは呟いた。

そして、わかった。

どうして、自分は自分を爆弾だと思っていたのか。人間を、苦痛も悲しみもないものだと信じていたのか。

コリオは人間になりたくなかったのだ。

爆弾でいるうちは、なにも怖くなかった。どんな苦しみも、死の恐怖も「自分は爆弾だから」と思えば、なんともなかった。

どうせ死ぬんだから、どうにでもなればいいと思えた。

でも人間になった今は、行き場のない苦しみと、誰にも愛されない孤独が、コリオに重くのしかかってきている。

希望も、開放感も、幸福感も何もなかった。

足元がガラガラと崩れていくような気分だった。

未来がなく、過去もない。帰るべき場所もない。大事なものもない。

空虚だけがコリオを支配していた。

あるものは、思い出だけ。

あのシロンの『本』の思い出だけ。


少し経《た》って、外からノックの音を聞く。宿の女将だった。

「ちょっとお客さん、いいですかい？」

「………」

「お客さん、最近世の中物騒《ぶっそう》だし、うちもあんまり変なことに関《かか》わりたくないんですよ」

「………」

「ですからねえ、その、正直、出て行って欲しいんですけどねえ」

「………」

コリオは何も答えず、荷物をまとめはじめた。

行くあては、なかった。

第五章 抜け殻と敵と死の神の病

コリオは町をうろうろと歩き続けていた。一晩中、歩き続けていた。

今までどこを歩いていたのだろう。どこに行こうとしていたのだろう。足だけが疲れて、得たものはない。コリオは道端《みちばた》に腰を下ろした。

すると、道の向こうから、一人の男がやってきて、コリオに話しかけた。

「おはよう、坊主《ぼうず》、『本』は欲しいかい?」

あのもぐりの『本』屋だった。

「……え?」

「『本』欲しいんだろ? 金あるかい?」

男は服の中に手を入れて、『本』を取り出した。隠しポケットの中に入れておいたようだ。

「これ、あの変な髪の毛のお嬢ちゃんのだぜ。欲しいんだろう? お前のために取っておいたんだ」

「僕のために?」

「昨日な、すげえおっかねえお姉ちゃんが来てよ、サンダル履《は》いたおっかねえお姉ちゃんだよ。『本』はあるかって聞かれたんだ」

ハミュッツのことだろう。

「でもな、俺は言ってやったぜ。ありません。記憶にありませんてな。あの姉ちゃん、しつこく聞いてきたけど、俺の熱意に負けて、結局引き下がっていったぜ。どうだ。そうやって守り通したのがこの『本』だ。どうだい？　安くしておくぜ」

「売ってくれ！　今すぐ！」

コリオは財布ごと渡した。本売りはその中から金を抜き取って、コリオに返した。

男が去るのも待たずに、コリオは『本』を開いた。

彼女の姿が目の前に広がる。その瞬間だけが、コリオにとっての幸福だった。


そのときの彼女は、今まで見てきたよりも若く見えた。体は華奢《きゃしゃ》で、身長もわずかに低い。今のコリオと同じぐらいの年に見える。

彼女は、床に座っていた。

赤いドレスのまま、絨毯《じゅうたん》の上に、膝《ひざ》をついて、前を眺《なが》めていた。

詰めれば十人は寝られそうな広いベッド。広い部屋。豊かに実った果実が描かれた絨毯は、くるぶしまで沈み込むようなやわらかさに見えた。

「……………」

シロンは、荒い息をついていた。額《ひたい》に汗《あせ》が浮き、薄い化粧が落ちていた。

「……」

眺めているのは、絨毯の前に置かれた、ガラスの破片。

彼女はそれをつかむと、一直線に喉《のど》もとに持って行き、

「……あ、うう」

突き刺さる寸前で止めた。震えるガラスの切っ先が、喉の気管に触れていた。

シロンは荒い息をつく。見開いた目が天井を見つめ、細かい傷のついた喉から、赤い血がにじみ始める。ガラスの刃《やいば》は頸動脈《けいどうみゃく》に位置を移し、気管を撫《な》で、逆側の動脈をつつく。切り裂いては離れ、離れてはまた喉にあてがわれる。

「……あ、あ、あああ」

ガラスのナイフが、絨毯に落ちた。シロンは赤い手袋をはめた手で、喉を押さえ、呆然《ぼうぜん》としながら荒い息をついていた。

「………もういや」

シロンは言った。

「もういやもういやもういやもういやもういやもういやもういやもういやもういや」

天井に虚《うつ》ろな目を向けながら、シロンは呟《つぶや》き続ける。だらだらと涙を流していた。

そこにノックもせずに、ドアを開けて入ってくる男がいた。ワイザフである。彼も、前に読んだ本よりもかなり若い。しかし傲慢《ごうまん》な顔と慇懃無礼《いんぎんぶれい》な口調は変わらない。

「朗報《ろうほう》です。シロン様」

汚れ、疲れきった顔を、シロンは上げた。

「……」

「いかがなさいました？　そのお顔は、また何かめでたいことが起きたようで」

シロンは、首を横に振る。涙すら涸《か》れた顔だった。

「遠い日に、また起こるわ。竜骸咳《りゅうがいぜき》よ。あなたたちの生き残りが、起こすのよ」

恐ろしく絶望した声で、シロンは言う。

「ほほう」

ワイザフは興味深げにあごを撫でる。

「それは朗報。わたくしとシロン様と、二人まとめて好日ですな」

シロンは、首を横に振る。

「……後の時代に残しましょう。薬の作り方を。でないと、大変なことになるわ。本当に大変なことになるのよ」

「それは素晴らしい」

「素晴らしくないわ。姉さんだって危ないのよ。わたしの姉さんなのよ」

「ほう」

「お願い、何が悪いことがあるの？　いいでしょう？　お願いよ」

シロンは頭を抱えて、床に突っ伏した。それを見下ろしながら、ワイザフが言う。

「そうそう。あなたがおっしゃいましたとおりの場所に、『追憶《ついおく》の戦器』が見つかりましたよ。

あなたがおっしゃったとおりの、蜘蛛《くも》を模《も》した細剣でしたよ」

　ワイザフは、持っていた包みを開ける。中に入っていたのは、コリオはすでに何度も見ている、常笑《とこ》いの魔刀シュラムッフェンだ。

「お持ちください。シロン様。名前は、常笑いの魔刀シュラムッフェンでしたっけ？　素晴らしいお名前ですなあ」

　シロンの前に置かれたそれに、シロンは目もくれない。

「もういや」

「……おや、今なんと」

　ワイザフは耳に手をあてて、シロンに横顔を近づけた。

「もういや、もうやめて」

「なにを」

「もう見たくない。みんな死んでしまう。みんなよ。竜骸咳で。助かるのに、ほんとは、助かるのに死んでしまう。力が発動するたびに、死に顔が、たくさん浮かんで」

「……それはそれは」

「約束はどうなったの？　薬の作り方を教えたら、みんな助けてくれるって」

「助けますよ。それはもう当然のことでしょう」

「早く薬を作って、あと一年しかないの」

「いけませんなあ。それでは。私どもが儲《もう》からないではありませんか」

「そういう話じゃない」

「そういう話ですよ」

シロンは首を横に振る。ワイザフはニヤニヤと笑って言う。

「あなたがどうしてこんな暮らしができるかわかっていないようですねえ。それもこれも、この竜骸咳のおかげなのですよ」

「いや、そんなのいや」

「それに、あなただって嫌でしょう？　冬に麦わらを集めて寒さをしのぐ生活に戻りたいですか？　犬の死骸《しがい》に湧《わ》いた蛆虫《うじむし》を食べる生活に戻りたいですか？」

「……………」

「戻らなくてもいいんですよ。私たちは金を得るのですから」

「もういや。死にたい。死にたい。死にたい」

「どうしてまた」

「こんなの違う。こんなの幸せじゃない」

ワイザフはやれやれと首を振った。

「お嬢さん、よく聞きなさい。これが幸せなのですよ。まだ慣れていないので戸惑《とまど》っているだけのこと。さあさあ一緒に遊びましょう。今日は飛び切りの薬と座輿《ざきょう》を用意してあります。南国から取り寄せた絶品で、ひと嗅《か》ぎするだけで天にも昇るお気持ちになれるそうですよ」

「……………」

ワイザフが、シロンの手を引いて立ち上がらせた。

「ほおらこちらにおいでなさい。なあにすぐに何もかも忘れて、気持ちよくなりますから」

もはや抵抗する意思すら失っているシロンは、ワイザフに手を引かれて歩いていく。

連れて行くな、シロンを連れて行くな、とコリオは思う。

思っても何もできない。

『本』が終わる。


『本』が終わって、現実に引き戻された瞬間。

「いけない子だねえ。君は」

目の前にいたのは、ハミュッツである。コリオが目を開けると同時に、手の中の『本』を瞬《また》く間に掠《かす》めとった。

「没収《ぼっしゅう》」

当然、渡したくはなかった。が、何をしてもこの相手には無駄だということもわかっていた。ハミュッツの前で、コリオはノミか羽虫《はむし》に等しい。

コリオは、いっそのこと抵抗して死のうかと思った。それはいい考えに思えた。どうせ生きてても いいことはないだろうから。

このまま生かされ続けるよりは、そのほうが楽かもしれない。

きっと、羽虫のように殺してくれるだろう。

「いやよ。死にたいなら自分でやりな」

ハミュッツは、コリオの気持ちを見透かしたように言った。

「なぜ、殺さなかったんだ？」

コリオは聞いた。

「さあねえ」

ハミュッツはあっさりと答えた。

「助けたつもりなのか？」

「わたしが助けてくれると思った？」

「……」

「助けようとも、苦しめようとも思ってないわ。わたしは天使でもなきゃ、悪魔でもない」

ハミュッツは立ち上がる。

「じゃあね」

ハミュッツは、足早に去っていった。コリオはまた、一人残された。

なぜ『本』の中に入れないんだろうと、コリオは思った。『本』の中の住人になって、彼女に会いたい。彼女と話をしたい。彼女を助けたい。

そう思いながら、コリオは道端に座り続ける。

することは何もない。

立ち上がる気力すらなかった。

「ふうん、彼女も苦労してたのねえ」

と、ハミュッツは歩きながら、読み終えたシロンの『本』をポケットにしまった。

ハミュッツの頭に、コリオのことはすでにない。ハミュッツにとっては、戦いの中で遭遇《そうぐう》した、取るに足らない一つの事件に過ぎない。コリオに、これから生きていく意志と力があれば生きるだろう。どちらかが欠けていれば死ぬだろう。それだけだ。

それよりも、戦いのことである。

彼女のいる場所は、戦場だった。平和な、まだ何事も起こっていない場所だったが、すでにそこは戦場だった。

大人たちは、仕事に忙しい。働くたくさんの鉱夫たち。線路を行き来するトロッコ。汽笛を鳴らす蒸気機関車。洗濯物干しや家の掃除に精を出す主婦。遊びまわる子供。

最近の爆破事件に怯《おび》える影は見せながらも、いつもの生活は変わりなく続いている。

ハミュッツの横で、子供たちが、棒の先にくくりつけた芋虫《いもむし》で、三毛《みけ》猫をじゃらして遊んでいた。ハミュッツはその子供たちの横すら、慎重に、攻撃に備えながら歩いていた。他人からはただ普通に歩いているようにしか見えないが。

ハミュッツは、指から一本の『触覚糸』を出している。その先は少し離れた道の上に立っている、一人の女に結ばれていた。

女は何度も立ち止まり、後ろを振り返っては通行人を確認する。同じ道を二度通ったり、三度同じ方向に角を曲がったりと、尾行を警戒《けいかい》しながら歩いているようだ。

普通の尾行なら、それで撒《ま》けるだろう。だがあいにく尾行者はハミュッツである。

ハミュッツは女の行く場所を予測すると、足早にその場所に向かう。

町の外れ、路地を抜けたさらに奥にある、廃屋《はいおく》である。その廃屋の屋根には四つ、何かがぶち抜いたような大穴が空《あ》いていた。

ハミュッツは、その廃屋に入り、女の到着を待つ。

女は五分ほど遅れて廃屋に着き、辺《あた》りを何度も見渡してから、中に入っていった。

「ハミュッツ＝メセタを、ハミュッツ＝メセタを殺さないと……」

女は歩きながら、そう呟き続けていた。

朽《く》ちた扉を開けた女は、

「う、」

と小さな悲鳴を上げ、口を手で押さえた。

女をおののかせたのは、廃屋の中に立ちこめた、血の匂《にお》いであろう。

口を押さえながら奥に足を踏み入れる女。中央の、居間に使われていたであろう部屋のドアを開けた女は、もう一度悲鳴を上げた。

部屋の中にあるのは、四つの女の死体。

トアット鉱山を訪れたハミュッツが山の中腹から撃ち殺した、爆弾たちの死骸である。

女は、その死骸を見ると、腰を抜かしたように崩《くず》れ折れた。

歯の根が激しく震えているのを、奥の部屋にいるハミュッツは感じる。

奥の部屋で待っていたハミュッツは、ドアを開け、腰を抜かして震える女に声をかける。

「待ってたわよう」

悠然《ゆうぜん》と現れたハミュッツに、女は驚愕《きょうがく》に目を見開く。

「やっぱり、あんたが司令塔だったのねえ」

ハミュッツは言った。女は、コリオたちが泊まっていた宿屋の女将《おかみ》であった。

ハミュッツは宿を訪ねたときから、ずっと彼女をマークしていたのだ。

女将……シガル＝クルケッサの部下であり、爆弾たちの監視者であった女は、震える声で聞く。

「どうして、あたしだと……」

「かんたんよう。わたしがさあ、コリオくんの部屋に入っていったあと、あんた一目散《いちもくさん》に逃げたでしょ。

ま、それがなくてもどうせすぐわかってたけどね。こんなところをのこのこ見に来るようじゃ、見つけてくださいって言ってるよーなものなのねえ」

ハミュッツの説明に、女将は観念したのだろう。震えが止まる。

そして、懐《ふところ》から包丁《ほうちょう》を取り出した。ハミュッツはそれを見ても、何も反応しない。素人《しろうと》が持つ刃物に動揺するハミュッツではない。

女将は、その包丁をハミュッツには向けなかった。自《みずか》らの首筋《くびすじ》にあてがった。

　その時、ハミュッツの指が動いた。チェロの弦《げん》をはじいたような鈍《にぶ》い音。女将が手首を押さえて、包丁を取り落とした。持っていた小石を指ではじいたのだ。投石器を使わなくても、指だけで普通の拳銃程度の威力《いりよく》なら出せる。

「勝手に死んじゃだめじゃない。あんたはいろいろ吐いてもらってから死んで欲しいのよねえ」

「……天国に」

　女将は呟いた。

「天国に行くのよ。あの、冷たい図書館なんかには行かないのよ。あんたを殺せはしなかったけど、教団は必ずあたしにも慈悲《じひ》をかけてくださるわ。あたしの『本』は神の御許《みもと》に運ばれるのよ、ざまあみなさい！」

　それだけ言うと、女将は自ら舌《した》を嚙《か》み切った。

　ハミュッツは口から血を撒《ま》き散らしながら痙攣《けいれん》する女将を、助けようとはしなかった。とどめを刺すこともしなかった。ただ、黙って見下ろしていた。

　ハミュッツは呟いた。

「ないのにねえ、天国なんて」

　その声には怒りはなく、悲しみもなく、侮蔑《ぶべつ》も憐憫《れんびん》もなかった。

　ただ、かすかな空《むな》しさだけがこめられていた。

　ハミュッツはいまだ死にきれず、びくびくと波打つ女将の体をまたいで、廃屋の外に歩み出ていった。

ハミュッツはその後、再度コリオのいた宿に向かっていた。すでにそこにコリオの姿はない。コリオのほかに客のいなかった安宿は、わずか数時間の間に廃墟《はいきょ》になったかのようだった。

主《あるじ》のいなくなった宿屋で、ハミュッツは保管されていた書類棚を開ける。見つかったのは、ただの宿帳や会計帳だけだったが、ハミュッツは落胆《らくたん》することもなくそれらを一枚一枚確認していく。

宿帳をめくりながら、名前を確認していくハミュッツは、ふと手を止めた。そして前のページをめくって、その事実を確認する。同じ人が、同じ部屋に二カ月のうちに三回泊まっていることに、ハミュッツは気がついた。部屋は、コリオが泊まっていた部屋の隣。フィボロという名の男である。

ハミュッツはその部屋に向かう。

部屋に入り、『触覚糸』の束で中をひと撫でしたハミュッツは、すぐに目的の物を見つける。床の敷板の一枚が簡単にはがれるようになっている。その下に隠されていた一枚の紙片。ハミュッツはそれを手に取る。

「行方《ゆくえ》不明のレーリアの死亡が確認された　その他は異常なし　ボヒリン商会連絡途絶《とぜつ》　確認されたし」

字は間違いなく女将のものである。フィボロ、という男に宛《あ》てた手紙だろう。

早くも二つ、手がかりを見つけた。

シガル＝クルケッサ、たいした男でもなさそうだ。ハミュッツはそう思う。


と、その時、ハミュッツの頭の中で声がした。

(代行、連絡です)

頭の中で聞こえるその声は、ミレポックの特技、思考共有能力である。他人に自分が考えていることを、空間を超えて自由に伝えることができる魔法である。

(まず私から。

トアット鉱山周辺の山岳《さんがく》地帯をざっと探索しましたが、今のところ、町の周辺に人物、および人物のいた痕跡《こんせき》は見当たりません。敵のアジトがあるとしたら、高い確率で町中だと考えられます)

そうだろうと、ハミュッツは思っている。すでにそのアジトを一つ見つけている。

(マットアラストさんから。

駅で聞き取り調査を行ったそうですが、今のところ怪《あや》しい人物は見つかっていません。まだ調査中なので、見つけ次第《しだい》連絡します。

本部から。

書庫にもぐってトアット鉱山周辺の人の『本』を当たらせていますが、今のところ成果はあ

りません。以上です）

ハミュッツはそれだけ聞くと、腰に下げた袋から、小さな円盤《えんばん》状の礫弾《れきだん》を取り出した。そして宿に置いてあった便箋《びんせん》に走り書きをして、折りたたむ。礫弾には蓋《ふた》がついていて、中は空洞になっている。連絡を投げるための弾である。

ハミュッツは屋根に登り、投石器を使ってミレポックに向かって放り投げた。弾は高く飛び、山頂を越えてミレポックのところへ向かっていく。

便箋にはこう書いた。

「1、ボヒリン商会を当たれ。シガル＝クルケッサに繋《つな》がっている。イタチのねぐら亭の名前を出してみろ。

2、フィボロという人物を見つけろ。

3、こちらには異常なし。応援不要

4、コリオ＝トニスという子供が町を出たら一応拘束《こうそく》しておけ。敵の一味だったが、すでにどちらにも利用価値はない。ただの子供なので心配無用」

地面から弾を掘り起こし、中に入っていた連絡を、ミレポックが読んでいる。ミレポックから、思考が送られてくる。

（ボヒリン商会……たしか、この辺りに地盤をもつ『本』の密売組織です。マットアラストさんに行ってもらいます。フィボロについても聞いてみます）

ハミュッツは頷《うなず》いた。ミレポックの判断に問題はない。

連絡を打ち切り、また宿の書類を漁《あさ》る作業に戻る。

(マットアラストさん、代行からです)

トアット鉱山から汽車で六時間ほどの場所にある隣町、ブジュイ商業都市に、マットアラストは待機している。ここでトアット鉱山に行き来する人物を監視するのがマットアラストの現在の任務である。

町の片隅《かたすみ》に見つけた小さなコーヒーハウスで、パイプをくゆらせていたマットアラストに、ミレポックから思考が送られてきた。

(ボヒリン商会を当たってください。どの程度の相手かはわかっていないので攻撃し過ぎないように気をつけてください)

(ボヒリン商会か。聞いたことないな)

と、マットアラストは思考を送り返した。ある程度専門の魔術修練を経《へ》た人物なら、このように思考共有能力者に思考を送り返し、通信のようにやり取りをすることも可能である。

ハミュッツは、高い戦闘力の割に妙に不器用なところがあり、これができない。

(トアット鉱山の担当だったルイモンさんに聞いたことがあります。ちょっとした町にはいくらでもある犯罪組織で、『本』の密売とか、繁華街《はんかがい》での商売とかをしているそうです。たいしたものではないそうですが)

(だといいけど)

マットアラストは少しさめたコーヒーをゆっくり口に運ぶ。

（駅の監視と聞きこみはどうですか？）

（町の保安官に協力してもらってる。こっちは彼らに任せてそっちに行ったほうがいいか？）

（いいえ。そっちに専念してください）

（そうか）

（あと、フィボロという名前を見つけませんでしたか？）

（ああ。駅の記録によると、何回かここととトアット鉱山を往復している。見たことはない）

（見つけたら教えてください。シガルに繫がっているそうです）

（フィボロね）

パイプの煙で輪《わ》を作りながら、マットアラストは思考を送り返す。

（ところで、さぼってません？）

ミレポックの思考に怒りがわずかに混じる。だらけきっているマットアラストの思考を感じたのだろう。

（さぼってないよ。休憩中《きゅうけい》）

マットアラストは臆面《おくめん》もなくそう答える。

（………そうですか）

山の向こうで、憮然《ぶぜん》とした表情になるミレポックの顔が目に浮かぶようだった。

（ミレポック、気張っても仕方ないよ。体力は肝心《かんじん》なときのために取っておかないと）

（聞くだけ聞いておきます）

新米の武装司書にはありがちなことだが、ミレポックは真面目《まじめ》過ぎる。それが欠点だとマットアラストは思っている。だが、マットアラストは不真面目なところが欠点だとミレポックが思っていることは、マットアラストは知る由《よし》もない。

（代行のほうはどうだ？）

（何ごともないみたいです）

（本当に？）

（はい）

（何ごともない、か）

マットアラストは、その言葉に少し引っかかる。

何ごともない、ということには三通りある。何かが起こるのを未然に防げたということ。何かがまだ起きていないということ。何かが起きていることに気がついていないこと。

何ごともない、ということは安心であるということとは、決して同じものではないと、マットアラストは思っている。

ミレポックは、その辺のことをわかっていないように思える。

それに、昨日からハミュッツのことを考えると、どうにも胸騒ぎがするのだ。なぜかはマットアラストにもわからない。ただ、ひどく落ち着かないのだ。

（どうしました、マットアラストさん）

その気持ちが伝わったのか、ミレポックが聞いてくる。

(なんでもないよ。なんでもないにはなんでもないんだが、どうも落ち着かない)

(なにがですか?)

(なにが、とかじゃなくてさ、どうも落ち着かないんだ)

どう反応したものか。ミレポックの迷いが伝わってくる。

(例のいやな予感ですか)

予知能力者であるマットアラストの予感は極《きわ》めてよく当たる。そのことはミレポックもわかっている。

(ああ)

(まさか、代行が負けると?)

(そういうわけじゃないんだが)

と、思ったところ考え直した。

(……いや、そうかもしれない)

(まさか)

(俺もまさかとは思うんだが……)

マットアラストはテーブルの上に十キルエ札《さつ》を一枚置いて立ち上がる。お釣りは受け取らない。黒い山高帽《やまたかぼう》を頭に載《の》せ、店を出る。

(しかし、どうすれば代行が負けるのですか?)

（代行だって無敵じゃないだろう）

（ほとんど無敵みたいなものです）

ミレポックは何度かハミュッツと行動をともにしたことがあり、それゆえハミュッツの戦闘能力を、崇拝《すうはい》するかのように信じている。

（俺クラスが百メートル以内に接近すれば勝機はある）

マットアラストは言い返す。

事実、マットアラストの言うとおりである。マットアラストクラスの戦士が、百メートル以内に接敵《せってき》できれば、ハミュッツでも危ない。超々遠距離攻撃を得意とするハミュッツにとっては、接近戦は苦手の部類に属する。それでもマットアラストクラスの戦士と互角《ごかく》ではあるのだが。

（でも、どうやって接近するんですか？）

（………）

それはマットアラストでも考えつかない。百メートル以内なら勝てるということは、それ以上では勝ち目がないということでもある。そしてハミュッツの射程距離は有にその二百倍以上。百メートル離れたところから、素手《すで》で銃に立ち向かうようなものである。いや、それ以上だ。通常なら勝ち目はない。

その上ハミュッツには『触覚糸』がある。ハミュッツの目を欺《あざむ》きながら近づいていくことも、不可能に近い。

（でも、台風が近づいてるだろ）

と、マットアラストは思う。

最強を誇るハミュッツの最大の弱点が風である。『触覚糸』を操《あやつ》ることができなくなるし、必殺の狙撃《そげき》も風に流されて命中率が著《いちじる》しく下がる。

（マットアラストさん。台風は来ないと言ったのはあなたでは？）

（もし、来たらの話だよ。予知能力だって外れることもある。とくに今回みたいな例外的な事態だと、俺みたいなレベルの低い予知能力者じゃ未来に騙《だま》されることだってあるんだ。常笑いの魔女と一緒にしないでくれ）

（しかし、もし台風が来たとして、それを敵が利用するとは考えにくいですね）

ミレポックの言うとおりである。

偶然台風が来て、それでハミュッツが危機に陥《おちい》る可能性はある。しかし、敵がそれを計画的に行う可能性は絶無《ぜつむ》だ。

（もしかしたら、台風がやってくるかもしれない。そのときに代行がトアット鉱山にいるかもしれない。そうしたら勝てるかもしれない。私ならそんなありえない賭《か》けに命を張る気にはなれません）

（……俺もだ）

（大丈夫です。順調です。問題はありません）

（そうかもな）

やはり、考え過ぎなんだろうか、とマットアラストは思う。

しかし、そう思ってみても、どうしても気が晴れない。

なにか、自分たちが見落としている要素があるような気がするのだ。

風が吹き、マットアラストの山高帽のつば先に、木の葉がひと葉引っかかった。

少し、風が出てきたか、とマットアラストは思った。


「んー、気に入らないわねえ」

と、トアット鉱山のふもと、中央通りを歩きながら呟いたのはハミュッツである。

宿での探索をあらかた終えて、別の手がかりを探すためにかつてルイモンが使っていた詰め所に、移動しているところだった。

たしかにミレポックが思っているとおり順調ではある。しかし、順調過ぎる。

敵は攻撃ができないのではない。してこないだけなのではないだろうか。

あるいは、すでに攻撃をしているのではないか。

敵の攻撃に気がつかないことほど、危険なことはない。

危険がないことに危険を感じる。その矛盾《むじゅん》もまた、戦いであるとハミュッツは思っている。

ふと、コリオの姿を見つけた。道端にうずくまってじっとしている。何かをしているようには見えず、ただじっと座り続けている。

ハミュッツはその姿を一瞥《いちべつ》しただけで、その横を通り過ぎる。通り過ぎた後はすぐに忘れた。

ハミュッツと同じことを、マットアラストも考えている。

敵が逃げに出た可能性もあるが、そんなにあっさり逃げる相手がわざわざ爆弾まで用意して武装司書に戦いを挑《いど》むほどの気概《きがい》があるとも思えない。

本当に爆弾でハミュッツを殺せると思っているほどの馬鹿《ばか》だったら、死んだルイモンも無念だろう。

マットアラストがいるのはボヒリン商会の本拠地の前である。隠れ家ではなく、ごく普通の、石造《いしづく》りの三階建ての建物である。ちょっとした銀行か、商社の本社といった面構《つらがま》えである。

マットアラストは懐の銃を抜き、壁に身を寄せながら呼び鈴を押す。

返事はない。

「イタチのねぐら亭の使いのものだ。開けてくれ」

ミレポックから伝えられた宿の名前を言ってみる。しばらく待つ。反応はない。

「すまん、さっきのはうそで、実は武装司書のマットアラストだ。開けろ」

そう言ってみる。同じく反応はない。

「休みか」

マットアラストはドアの蝶番《ちょうつがい》を撃つ。すばやく銃弾をリロードし、壊れたドアを引き倒す。マットアラストは中に入った。

足を一歩踏み入れたとき、マットアラストは誰も出なかった理由を理解した。腐った生肉《なまにく》と生ゴミに、腐った酢《す》をかけたようなその匂い。武装司書をやっているといやでも嗅ぐことになる匂いである。

（どうしました？）

と、ミレポックが思考を送ってくる。

（ミレポック。先を越された。ボヒリン商会はすでにやられている）

（やられている……皆殺しですか？）

（………この調子じゃ、たぶんな）

マットアラストは辺りを見渡しながら答える。

死体がいくつあるのかもわからない。辺りに飛び散る血と、部屋にこもる死臭《ししゅう》さえなければ、倒産した人形工場かなにかにも見える。実際そうだったら、マットアラストも実に気が楽であるのだが。

マットアラストは、死体の一つを見る。すでに死後硬直もとけ、冷たく、ぶよぶよとして重い。切断面は赤みが抜けて黒ずんだ茶色になり、蠅《はえ》の産卵場になっている。床に飛び散った血はすでに乾き、指でなでるとざらざらと粉っぽい。

死んで一週間は軽く過ぎているだろう。ルイモンが死ぬよりもさらに前だ。

事務所の机を見ると、そこには、地図が広がっていた。トアット鉱山の地図だった。いくつかの場所に丸印がついていた。丸印の一つ一つに三名、四名など、人数が書いてある。

その丸の一つは、イタチのねぐら亭の上についていて、その上に別の色で×印がついている。

爆弾を配備した場所だと、マットアラストは理解した。

こいつらは敵……シガル＝クルケッサに利用され、町に爆弾を配置させるために働かされたのだろう。いや、ここの一員がシガル＝クルケッサだったのかもしれない。

用済みになった後は皆殺し、ということか。ひどい奴《やつ》だとマットアラストは思う。

しかしなぜ、こんなところに死体を放置しておくのだろうか。

まるで発見してくれと言っているようなものではないか。

そして。

マットアラストはあちこちに転がっている死体を見る。どれも例外なくばらばらに切り裂かれている。ご丁寧《ていねい》に手首のあたりを切られた後、肘《ひじ》の上を斬《き》られ、その上肩先から切り落とされているものすらある。殺すためだけならばあまりに過剰《かじょう》な斬り方である。しかも、全《すべ》ての切り口が恐ろしく鮮やかである。

こいつらは、どんな武器で斬られたのだろうか。

それから、二日間は大きな進展もなく、調査は続いた。いくつか枝葉の手がかりは見つかったが、それだけだった。

ハミュッツは町を離れ、もう一度人里離れた山に潜《もぐ》っていた。

もう一度、町全体を探索している。最初は、はっきり敵と確認できるものだけを探していた。しかし今度は、気になるもの、怪しげなものも全て探索している。

シガル＝クルケッサを探す前に、敵の攻撃の出所《でどころ》を探したかった。

十億本ほど放たれた『触覚糸』。その中のかなりの量が町の一角、スラムの当たりを漂っていることをハミュッツは知覚している。町を歩く柄《がら》の悪い男たちや浮浪者、酒場女たち。彼らを撫でまわして探っていく。

そのとき、『触覚糸』の一本が、一人の女性に触れた。

その肌《はだ》の感触に、ハミュッツの心臓は震えあがった。十億本の『触覚糸』が思わず消えてしまうほどの衝撃だった。

その異様な冷たさ。

再度、『触覚糸』をその女に伸ばす。その女……少女と呼ばれる時期をわずかに過ぎた年ごろだ……の体を撫でる。

そしてハミュッツは、立ち上がり、全速力で駆け出した。

その女性の名前を、ハミュッツは表札を触って知っている。

女性の名は、イア＝ミラという。

おかしい、とイアは思っていた。

少し寝てれば、治る風邪《かぜ》だと思っていた。

熱が出てないから、大丈夫だと思っていた。

でも、熱が出るどころか、体温がどんどん下がっているような気がする。

手でおでこを触ると、死んでるんじゃないかと思うほど冷たいのに、なんだか暑くてたまらない。

喉が痛い。咳《せき》が出るけど、痰《たん》が出ない。

水を飲めば、少しは楽になるかと思って水を飲むと、余計に咳がひどくなる。

さっき、鏡を見たら、変なあざが、喉にできていた。

ああ、こんな病気、どこかで聞いたなと、イアは思う。

「イア＝ミラちゃん？」

ドアの外で、突然声がした。

仲間の娼婦《しょうふ》が見舞いに来てくれたのかと、イアは思う。

返事をしようと、痛む喉を押さえながら、立ち上がろうとする。

だが家の外にいた人は、勝手に中に入ってきた。

知らない女の人だった。

「突然だけど、わたしハミュッツ＝メセタっていうものよ」

「…………ハミュッツ？」

武装司書のえらい人と、同じ名前だとイアは思った。

「心の準備をさせてる暇《ひま》はないから、落ち着いて聞いて」

女の人……ハミュッツは、つかつかとイアのベッドの横に歩いてきた。

「あなた、竜骸咳に感染してるわ」

「竜……？」

「わたしも、今感染したわ。この町の多くの人が、潜在的《せんざいてき》に感染してるはずよ。わたしの言うことを聞いてね。死にたくなければ」

イアは、こくりと頷いた。


どれだけの時間、うずくまっていたのか。長い間、物を食っていない腹は、鳴ることもなくなっていた。

人々は、好奇の目で、あるいは同情の眼《め》で見下ろして、コリオの前を通り過ぎていった。若い身空《みそら》でかわいそうに、と声をかけてくる人もいた。だが、コリオは顔すら上げなかった。

『お前はもう爆弾じゃない』

そう、ハミュッツは言った。今の自分は人間なんだろうか。

人間についてじっくり考えろと、ハミュッツは言った。

だが、もうコリオには、人間が何かわからない。

こうやって、惨《みじ》めにうずくまっているのが人間なのか。人間というのは、こんなにくだらないものなのか。コリオにはもうわからない。

ただひたすら、悩み続ける。

次第に風が強くなって、湿り気を帯びていく。

嵐が来るのかもしれないと、コリオは思った。

ふと前を見ると、ハミュッツ＝メセタが足早に通り過ぎていった。

コリオのことを見ているはずだが、一瞥すらくれなかった。

もう、自分は、ハミュッツにとってもどうでもいい存在なんだなと、コリオは思った。


マットアラストは、あれからずっと、死臭立ちこめる建物の中を探索していた。

一つの資料も見逃してはならない。何日もかけて、念入りに手がかりを探すつもりだった。

どうやら、ボヒリン商会の幹部が、教団に入信していたらしい。教団、というよりはシガル＝クルケッサに宛てた文書をいくつか発見している。

ここを詳《くわ》しく当たっていけば、シガルの正体に大きく近づけるだろう。ハミュッツの見つけた手がかりと照らし合わせれば、たどり着けるかもしれない。

しかし、やはり解《げ》せないのはなぜ死体が放置してあるかだ。

それと、なんのためにかわからないが、全てのドアや窓を、中から石膏《せっこう》でふさいである。

まるでこの建物そのものを密封しているかのようだ。

なんのために？

マットアラストは疑問に思いながらも、死臭漂う部屋の中で探索を続ける。

と、そのときミレポックが思考を共有させてきた。

（マットアラストさん）

（どうした）

（さっき、ハミュッツ代行から連絡を受け取ったのですが、まだ私のほうでは確認していないのですけれども）

（要点だけ説明しろ）

（その……敵は町に竜骸咳をばら撒いていました）

その言葉を聞いたとき、全ての疑問が氷解した。それとともに、自分の置かれている絶望的な状況も理解する。

（そうか、そういうことか）

と、マットアラストは思う。

建物の中に散らばった死体。これらは竜骸咳の保菌者だったのだ。竜骸咳の病原体は死体の中でたっぷりと繁殖《はんしょく》し、空気中に菌を充満させる。

ボヒリン商会を探りに来たものは、その空気を吸ってあっというまに竜骸咳に感染することになる。

この死体が敵の罠《わな》。マットアラストは、敵にいっぱい食わされたというわけだ。

すでに発病は時間の問題だろう。完全に動けなくなるまで、そう時間はないだろう。

（……代行は、どうだ）

（すでに感染しているようです。私はまだ大丈夫ですが）

（俺は、もうだめだ。たぶんもうすぐ発病する）

ミレポックが息を呑《の》むのが、思考共有を通じて伝わってくる。

（動揺するな。今すぐ飛行機で本部に戻って、応援を呼べ。この町を結界《けっかい》にして感染の拡大を防ぐんだ）

（でも、代行とマットアラストさんは……）

（そう簡単には負けやしない）

（ですが………）

（もたもたするな。行け。早く）

（………）

しばらく、ミレポックは迷っているようだった。しかし代行やマットアラストの安全よりも、町の人々の安全と竜骸咳の拡大の阻止《そし》を優先させるべきだということは、ミレポックにもわかったようだ。

（すぐに戻ります。それまで生き延びてください）

そう言って、ミレポックは思考共有を打ち切った。

マットアラストは一つ息を吐き、気持ちを整える。

たしかに敵の策にまんまとはまった。しかし、まだ負けたわけではない。

自分とハミュッツが竜骸咳で死ぬ前に、シガル＝クルケッサを捕らえればいいのだ。

戦闘力ではこっちが上回っている。追い詰めているのはこちらも同じこと。

そう考えたとき、一つ引っかかりを覚える。

なにか、見落としていることがあるような気がする。

戦闘力では？

マットアラストは予知能力を発動させた。

これからの天気を、予知する。

その予知の結果に、今度こそマットアラストの顔が青ざめる。

（ミレポック、応答しろ。応答しろ！　応答しろ！）

思考共有でミレポックを呼ぶ。しかし、ミレポックの方から通信を始め、それに応《こた》えることはできても、その逆はできないのだ。

すでにミレポックは思考共有をやめていた。マットアラストの思考は届かない。

マットアラストは、それでも一縷《いちる》の望みにかけて思考を送り続ける。

（ミレポック、応答しろ、代行が殺される！　敵の狙《ねら》いは、竜骸咳じゃないんだ！）

ミレポックから返答はない。

マットアラストは駆け出す。いますぐ代行を助けに向かわなければ。

そう思った瞬間、彼のすぐ近くで爆発音が響いた。壁に空けられた大穴から、数十人が駆けこんでくる。

彼らが手に手に抱えているのは爆弾。

「マットアラストを殺せ」

「マットアラストを殺すんだ！」

そう叫びながら、次々とマットアラストに向かって走ってくる。

「まだ手駒《てごま》を残してたか」

マットアラストは拳銃を構え、敵たちに撃ちこむ。一瞬で六連発。脳天を撃ちぬかれた敵たちが六人倒れこむ。

近づかせるわけにはいかない。マットアラストは身を翻《ひるがえ》して後退する。

しかし、敵が多すぎる。

通常なら負ける相手ではない。だがこの病《や》んだ体でどこまでやれるか。

持ってくれ、この体。そうマットアラストは願う。

しかし、その願いがかないそうにないことを、マットアラストは予感していた。


ミレポックは乗ってきた飛行機に駆け込み、エンジンを回す。一刻も早く図書館に戻り、増援を呼ばなくてはならない。

ミレポックが、このとき、二人の命令を振りきって残っていたら、最悪の事態だけは避けられただろう。

しかし、ミレポックは飛行機に乗って飛び立った。

マットアラストに再度思考共有を行っていれば、最悪の事態は避けられただろう。

しかし、ミレポックはそれを怠《おこた》った。

このときラジオをつけていれば、最悪の事態だけは避けられただろう。

しかし、エンジンを最大に回すミレポックは、ラジオのことなど考えもしなかった。

あるいはミレポックが東ではなく西に向っていたら、最悪の事態は避けられただろう。

しかし、飛行機はまっすぐ東に向かっている。

ミレポックがその最悪の事態に気がついたのは、すでに引き返しても間に合わないところまで飛んでいってからだった。


トアット鉱山の、かつてルイモンが使っていた武装司書用の執務室。

そこでラジオのつまみを回していたハミュッツは、自らの耳を疑った。

ラジオの臨時ニュースが、台風の針路変更を伝えている。

『先ほどもお伝えしましたように、北東方向に進んでいた大型台風キャプテン・チョックは急に南東方向に進路を変え、トアット地方への直撃を確実にしました。元来台風の来ないトアット地方では対策の遅れによる多大な被害が予想されます。これに対して科学庁、魔道庁はともに特別対策本部を設置。急な針路変更の原因を探っています。トアット地方への台風の接近は、観測以来始めてのことで、一八〇九年の異常気象以来の事件だということです』

台風が来る。ハミュッツにとっての最大の敵が来る。

ハミュッツは今、自分が完全に追い詰められたことを知った。

敵は未《いま》だ見つからない。

竜骸咳が発病するまで、時間は幾《いく》ばくもない。

一緒に来た仲間は、どちらも救援には来られなくなっている。

そして自らが最も頼りとする戦闘力すら、迫り来る台風に封じられようとしている。

なぜだ？

なぜ、こうまでいいようにやられる？

ここにハミュッツが来ることも、台風が直撃することも、あらかじめ全て予知していたかのようだ。

だが、そんなことができるはずがない。

そんな強力な予知魔道師がいるわけがない。現代最高レベルの予知能力者すら予知できなかった台風を予知するなんてことができるわけがない。

それこそ、そんなことができるのは。

その時、ハミュッツは全てのからくりを理解した。

敵は、このときを予知していたのだ。

史上最強の予知能力者シロン＝ブーヤコーニッシュが、この日のことを予知していたのだ。

本当の敵はシガルではなかった。

常笑いの魔女、シロン＝ブーヤコーニッシュだったのだ。

そのころ、コリオ＝トニスは道端にうずくまっていた。

ハミュッツの苦境も、シガルのたくらみも知らなかったし、知りたくもなかった。

もう、何もかもどうでもよかった。

太ももの隠しポケットに、ナイフがある。今まで一度も役に立ったことのないナイフだ。

それを今、コリオは取り出して、刃先を見つめていた。

コリオは死ぬことを考えていた。

「……」

生きる希望を探すのに、コリオは疲れ果てていた。

希望はないにもかかわらず、なぜか怖い。死ぬのが怖かった。

ナイフには、ハミュッツ＝メセタを殺せと刻《きざ》まれている。ほんの少し前まで、コリオにとって人生のすべてだった言葉だ。そして今は何の意味もない言葉だ。

思えば、あれから数日しか経《た》っていない。ヒョウエとレーリアとともに、ハミュッツ＝メセタを殺そうとしていたときから。レーリアは、死んだのだろう。ハミュッツに殺されたのか。

それとも何か別の理由で死んだのか。わからない。

二人のことを、仲間とも友人とも思っていなかったが、今は無性《むしよう》に懐《なつ》かしかった。

あのころは、死ぬのが怖いなんて考えても見なかった。自分の命とか、何も考えずに、ただハミュッツを殺すことだけ考えていた。

どうして今は怖いのだろう。

自分は、あのころから変わったのか。いや、そうじゃない。

恐怖から、苦痛から逃れるために、逃げていたのだ。自分を爆弾だと思い込んで、恐怖を圧《お》し殺していたのだ。

事実、コリオはハミュッツを殺すことはできなかった。胸の爆弾を使うこともできなかった。怯え、震えていただけだった。

生きるのは苦しい。そして死ぬのは怖い。

生きることも死ぬこともできずに、コリオはうずくまっていた。

風が、強くなる。雲が出てきた。

第六章 嵐と魔刀と三毛ボン

コリオの前に食べかけのパンが置かれた。コリオはそれを拾って、食べた。冷たく乾いてカチカチになったパンだった。

生きる意味はないが、腹は減っていた。空腹のまま死ぬのか、満腹で死ぬのか、どちらがいいかと無意味なことを考え、コリオは少し笑った。

道を子供たちが走っていく。コリオはそれを見ていた。何か興味をそそられたのではなく、近くで動いているものに目が向くという、動物的な習性に過ぎない。

「そっち、そっち行ったよ」

「いないよう」

「どこ行ったんだよ」

「わかんない」

「ねえ、もう帰ろうよお」

「風、強くなってきたね」

「降りだしそうだよ」

子供たちは元気に遊んでいる。その様子を無感動に見つめていた。

「もう一回呼ぼ」

「うん、そうしよう」

子供たちは何かを探しているようだった。そういえば、彼らはいつも猫と一緒にいたような気がする。あの猫を探しているのだろうか。

子供たちが集まって、いっせいに叫んだ
「三《み》毛《け》ーボーン」

跳《は》ね上がるように、コリオは立ち上がった。

忘れるわけもない。それは、あのシロンが自分で語った、通り名の一つだった。

「その猫!」

突然話しかけてきたコリオに、子供たちが驚く。

「どこの猫?　どこにいる?」

偶然の可能性もあった。だが、コリオにはそれを斟酌《しんしゃく》する余裕はない。

「え?　知らないよう」

子供の一人が答える。別の子供が手を挙げて言う。突然話しかけてきたコリオに、子供たちは怯《おび》える。

と、子供の一人が手を挙げた。

「あたし、だれの猫か知ってるよう」

「え？」

「カートヘロ兄ちゃんの猫だよ」

その名は、聞き覚えのある名前だった。コリオは、信じられないと思いながら、聞き返す。

「……カートヘロ＝マッシェア？」

子供は頷《うなず》いた。

「イア＝ミラの恋人の？」

子供はもう一度頷いた。


ハミュッツは、町を離れ、別の場所に拠点《きょてん》を移していた。

鉱山からだいぶ離れた、打ち捨てられた資材置き場である。周囲に人がいなくて、壊してもあまり困らないものが多い。戦いの場としては、悪くない。

ハミュッツはここでシガルを迎え撃つつもりだった。

もはや残された手段は、戦い、勝つことしかない。

戦闘能力のほとんどを封じられたとはいえ、それでも負けるつもりはハミュッツにはなかった。

「………」

ゆっくりと息を吐き、集中力を研《と》ぐ。

来ることはわかっている。

お膳《ぜん》立てては完全にできているのだから。

コリオは人に尋《たず》ねながら、イアの家に向かった。

次第《しだい》に風は強まる。礫弾《れきだん》のような雨が、コリオの顔を濡《ぬ》らし始めた。髪の毛からしずくが滴《したた》るほど濡れるころに、コリオはイアの家を見つけた。小さなアパートの屋根裏部屋。狭い階段を上りきったところに、二人の家があった。

『カートヘロ＝マッシェア　イア＝ミラ』

二人の名前はドアの横に、寄り添うように書かれていた。

コリオは、その前に立って、逡巡《しゅんじゅん》していた。会うべきかやめておくべきか。

だが、生きる意味はなくても、シロンのことは知りたい。コリオのその気持ちは揺るがない。

それにしても、懐《なつ》かしい名前だ。会ったのはほんの数日前だが、遠い過去のことに思える。

コリオがそれだけ変わったということなのだろうか。

「……おい、近づくな！」

と、そんなことを考えていると、階段の下から声をかけられた。振り向いた先には、隣人らしき男がいた。

「そいつの家には近づいちゃいけないんだ」

男は言う。

「……どうして？」

「理由は知らねえ。武装司書のハミュッツ＝メセタがここに来て、そう言ったんだ。とにかくここに入っちゃいけないって」

「わかった」

コリオは一度引き返すふりをして、男がいなくなったことを確かめると、ドアの前に戻ってノックした。

返事はなかった。

少しためらった後、コリオはドアを開け、中に踏み込んだ。

「……ハミュッツさん？」

ドアを開けた瞬間、イアの声がした。コリオはイアが、ハミュッツの名を口にしたことに驚いた。

その後、激しく咳《せ》き込む声がした。

中は、病気の人間がいる場所特有の、よどんだ体臭に満ちていた。

「イア＝ミラ？」

コリオは呼びかける。

「……だれ？」

イアはコリオの声を覚えていないようだった。コリオは中に踏み込んでいった。イアはコリオの顔を見て、いぶかしげに眉《まゆ》をひそめた。顔は覚えているようだったが、訪ねてくる理由を理解できないようだった。

「……君は……」

「…………その」

コリオは困る。いきなり押しかけてはみたが、話すことを考えてこなかった。コリオはまごまごしている。

「どうしたの？」

「…………いろいろ、あって」

少し考えて、それだけ言った。イアは、戸惑《とまど》っている。

コリオはふと、中を見渡す。狭い部屋だった。

ベッドが一つと、戸棚が一つ。テーブルが一つに、椅子《いす》だけが二つ。ほとんどの家具は一つしかなく、それを二人で使っていたのが見て取れた。

一人では少し広いベッドに、イアは寝ている。顔の色は悪くない。だが目の下にクマができていて、表情も虚《うつ》ろだった。

そのとき、コリオの脛《すね》を撫《な》でながら、何かが足元を通り抜けて、部屋の中に入ってきた。

「あ、三毛ボン」

「その猫……」

「あたしの……ううん、カートへロの猫だよ」

イアは、ベッドから手を伸ばして、擦《す》り寄ってきた猫の背中を撫でた。

「それはいいけど、出て行って。何の用事か知らないけど。あたし病気だから。図書館長のハミュッツさんの命令だよ」

「いやだ」

「だめ」

イアは、咳《せき》をした。

「……死んじゃうよ」

死という言葉に、コリオの心は反応する。

「何があったの？」

コリオは聞いた。

「竜骸咳《りゅうがいぜき》だって。信じらんないけど、そうなんだって」

「竜骸咳……」

「ほかの人には言わないでだって。パニックになるから。ここには誰も近づけないようにしておくって言ってた」

イアはそう言ってまた咳をした。

コリオはシロンの『本』を思い出す。彼女は言っていた。遠い日に竜骸咳の流行がまた起こると。

だが、今すぐにここで起きるとは思っていなかった。

「だから出て行きなよ。死んじゃうよ」

「………いや、出て行かない」

イアは困った顔をする。

「本当に変な人だね。君は」

コリオも、そう言われて困る。変な人なのだろう。たしかに。

それよりも、本題に入ろうとコリオは思う。

猫のことを聞くためにここに来た。三毛ボンというらしい。どうやって切り出すか考えているうちに、イアのほうから話かけてきた。

「ねえ、君、胸に爆弾あるって本当？」

「………」

コリオは頷いた。誰に聞いたのかと驚いたが、ハミュッツがここに来た時に、話したのだろうと思った。

「悪い人に、つけられたんでしょう？」

コリオはなんと答えればいいのか悩む。

「でも今はないんだよね。ハミュッツさんが言ってた」

コリオは頷いた。

「じゃあよかったじゃん」

イアは、そう言って笑った。ほとんど見ず知らずに近いコリオのことを、本心から気にかけてくれているようだった。

だがその気持ちを、コリオは素直に喜べない。ハミュッツに殺されていたほうがよかったと思っているコリオには、爆弾がないことが、いいことだとは思えない。

「……よかったのかどうかわからない」

イアは驚く。

「どうして?」

「これからどうしていけばいいのかわからない」

「……どうして?」

「……」

イアの質問に他意はないのだろう。だがコリオにとっては答えようのない質問だった。コリオがいままで、そうやって生きてきたからとしか、言いようがない。

「ごめん。変なこと聞いたね」

「……うん」

「大丈夫だよ」

「……わからない」

曖昧《あいまい》な返事だったが、そうとしか答えようがなかった。

イアと、話していると不思議に心が落ち着くことに、コリオは気がついた。

前にあったとき、イアがコリオに、そばにいてほしいと言ったのは、こういう気持ちからだったのだろうか。コリオにはよくわからない。

「ねえ、何しに来たの？」

コリオは思い直す。病人と世間《せけん》話をしに来たわけではない。

「その猫……」

と指差したときにはもうどこかに行ってしまっていた。

「どこ行った？」

「三毛ボン、カートヘロがいなくなってから、この家に居つかないの。三毛ボンがどうかしたの？」

「……あの猫の名前、どうしてつけたの？」

「どうしてそんなことが知りたいの？」

コリオは口ごもる。だが、隠し立てする意味はないと思い直す。この際、何をためらう理由がある。

「知ってる人が、そういう名前で呼ばれてたんだ」

「………三毛ボンのこと？　あの、まだらの髪の女の子？」

コリオは驚き、イアも驚いた。

「……どうして知ってるの？　あの『本』、カートヘロの『本』なのに」

一人の男が近づいてくるのを、ハミュッツは感じた。身なりのいい、紳士だった。

手に持っているのは、小さな水晶玉だろうか。

丸腰に見える。

一人だった。

嵐は本格的になってきた。高級な三つ揃《ぞろ》いは雨に濡れ、背中に流れる長髪も風に乱れている。濡れているのはハミュッツも同じことだが。

距離は約二百メートル。撃てば当たる距離だが、ハミュッツは攻撃しなかった。

この風ではどうせ当たらない。それに、ここまでハミュッツを追い詰めた男の顔を、見てみたかった。

「こんちは」

先に話しかけたのはハミュッツである。資材の陰《かげ》から、男が顔を出した。

「やあ。ハミュッツ＝メセタ」

これから殺しあう二人の出会いは、穏《おだ》やかで、和《なご》やかな、ごく普通の挨拶《あいさつ》だった。

二人は向き合い、ハミュッツは言う。

「あんたがシガル＝クルケッサなのねえ」

シガルは、何をわかりきったことを聞くんだと言うように笑った。

「はじめましてというべきではないね。君の『触覚糸』が何度も僕の体を撫で回していったよ。実に不愉快《ふゆかい》だったけれどもね」

そのとおりだった。この男がシガル＝クルケッサではないかと、疑ったこともある男だ。だが、決定的な確証を最後まで持つことができなかったのだ。

あと少し時間があれば、見極《みきわ》められただろうとハミュッツは思う。

だが今、そんなことを考えても意味は無い。

「シロンの『本』はあるの？」

「ああ。ここに」

と言って、男は右手の水晶玉を見せた。たしかにそこには『本』の欠片《かけら》が封印されている。

これならハミュッツの『触覚糸』から逃れることもできる。

「竜骸咳の薬の作り方もそれに書いてあるってことなのかなあ？」

「当然のことじゃないか」

シガルは笑う。事情を知らなかったら、ときめいてしまうほど、魅力的な笑みだった。人を魅了する方法を、熟知しているようだ。

「ねえ、一つ聞いていいかしらねえ？」

二人の間を、ひときわ強烈な風が吹き荒れた。二人の服がはためく。積み上げられていた材木が崩《くず》れ、落ちた木の葉が投げナイフのように宙を舞う。シガルは少しよろめくが、ハミュッツはそよ風の中に立つかのように動じない。

「なんだ。雨がひどい。早く終わらせてほしいのだけれどね」

「あんた、これからどうする気？」

いろいろな意味をこめた、ハミュッツの質問だった。

「ははは。そんなこともわからないのか」

「まさか一人でわたしを殺そうってわけじゃないわよねえ」

「わかっているのに聞くのか。やはり君は頭が悪すぎる」

ハミュッツは、少し頭に血が上った。だが彼女は怒りで冷静さを失ったことはない。むしろ、怒るほど頭がさえるタイプだった。

「ねえ、もしかしてわたしのこと、殺せると思ってる？」

「そのとおりだよ」

シガルは両手を広げた。

「わかっているだろう？　君は僕たちにとって邪魔だということぐらい。この世で僕に危害を加える危険があるのは、君の狙撃《そげき》能力だけだ。早く排除しておきたかったのさ」

「なるほどお、その考えは悪くないわねえ。そのためにわたしをおびき出したってこと」

「そうさ。狙撃を封じ、この距離まで接近を許した君を、恐れる理由はない」

「爆弾とかは、ただの時間稼《かせ》ぎってことなのね？」

「爆弾か。ああ、そういえばそんなものも用意していたね。どうでもいいことさ」

「はあん……………」

ハミュッツは一つくしゃみをして、濡れた鼻の頭をぽりぽり掻《か》いた。

しずくの滴る髪の毛をかき上げ、顔を手でこする。

「気が変わったわねぇ。泣きわめいてクソを漏《も》らしながら命乞《ご》いをしたら、生かしてやろうと思っていたけどさ」

ハミュッツは、投石器を回し始める。雨のしぶきが霧《きり》となって舞い上がる。

「下品だな。不愉快だ」

「死ね」

宙に舞う小石が数個。紐《ひも》の先が見えない速さで振るわれるハミュッツの投石器。空中の小石を、捕らえて瞬時に投げとばす。小石は必殺の弾丸と化して、一直線にシガルを襲《おそ》う。

「くだらない」

シガルは言った。首から上を、肉塊《にくかい》に変えようとするその直前に、超高速の小石たちは、砂と化して地に落ちた。

「な」

ハミュッツは声を上げる。いつの間にか。シガルの手のなかに水晶玉がもう一つ。

その中には鉄でできた蜘蛛《くも》の彫刻があった。

その尻《しり》からするすると伸びる、糸の刀身《とうしん》。

シガルは言う。

「穢《けが》れよ。常《とこ》笑いの魔刀シュラムッフェン」

水晶が砕《くだ》けた。蜘蛛を模《も》した柄《つか》が、シガルの手に落ちる。

『本』に収められた姿のとおりに、シロンの名づけた呼び名のとおりに、シュラムッフェンが笑い出す。

空気に刻《きざ》まれる不可視の斬軌《ざんき》。

ハミュッツは真横に飛んだ。

ハミュッツのいた空間がそのまま粉々になって散る。

「ははっ」

その姿を見て、シガルが笑う。

ハミュッツはすぐさま反撃には移らない。そのまま背を向けて逃げる。逃げながら、撃つ。放たれた礫《つぶて》の強力な回転。空気抵抗が小さな暴風となって弾の軌道《きどう》を旋回《せんかい》させる。半円を描いた弾道は、シガルの真横からシュラムッフェンを持つ右手を狙《ねら》う。

しかし、礫はまたも砂鉄《さてつ》になって散り落ちる。

すでにハミュッツの姿は、シガルの視界にない。

水溜《た》まりを高速で走る音と、跳ね上がる水しぶき。

周囲をまわりながら、攻撃の隙《すき》を探すハミュッツ。

シガルはハミュッツを目で追えない。

真後ろに気配を感じ、振り向いたその刹那《せつな》、全く逆側から放たれる攻撃。

シガルは、反応できていないにもかかわらず、礫は空中で塵《ちり》と消えた。

「ちい、そっちか」

シガルが魔刀を振るったその瞬間、ハミュッツはすでに別の場所。攻撃は空《むな》しく資材をゴミに変えるだけだった。材木の山が一つ、細切れの木片になった。

攻撃の虚《きょ》を突いて放ったハミュッツの一撃。

それもまた、音もなくかき消えた。

ハミュッツと、シガルは、全く同時に舌打《したう》ちをした。

戦いはなおも激しく続く。

戦いながら、ハミュッツはシガルの力を値踏《ねぶ》みしていた。

身のこなしと速さ。

目の動き。

武器を使いこなす力量と判断力。

それらを総合した結論は、シガルの実力は、ハミュッツの数段下という結論だった。ルイモンやミレポックら、他の武装司書に比べても下だろう。

運動神経はそれなりにあり、戦闘訓練も受けているようだ。

だがつまるところ、一度も血ヘドを吐くまで努力をしたことがない人間の強さだった。

反応が鈍《にぶ》い。守りが甘い。詰めが甘い。危機感が足りない。

戦っているハミュッツの目から見ても、明らかな弱点を、数多く持っていた。

だが、嵐によって低下したハミュッツの戦闘力と、接近戦というハミュッツの不得手《ふえて》とする状況。そして魔刀シュラムッフェンの力が、彼我《ひが》の戦闘力の差を埋め、いまや形勢は逆転していた。

嵐が、本格的になってきたのを、コリオは知る。

どこかで、何かが崩れる音がした。

嵐で、物が吹き飛ばされたのか、それとも、ハミュッツが戦っているのか。コリオにはわからない。

ハミュッツは、コリオやレーリアたちの黒幕と戦っているのだろう。だが、もうハミュッツも、黒幕も、コリオには関係ない。どちらからも、コリオは見捨てられたのだから。

「その、戸棚の一番上、探していいよ」

と、ベッドの上のイアは言った。

「たぶん、そこだと思う」

コリオは戸棚を開ける。中は思ったより乱雑だった。コリオは控《ひか》えめに中を探っていく。

「ねえ、コリオ君」

探している途中に、イアが、かすれた声で言う。

「カートヘロは、爆弾で死んだんだよね」

コリオは探す手を止めて振り向き、ベッドから首だけを出したイアを見る。

「うん」

「……見てたの？」

「うん」

イアは、しばらく黙った。コリオは彼女をずっと見つめていた。

「君が殺したんじゃないよね」

「……事故だった。カートヘロは、助けようとしたんだ」

「そうなんだ」

　イアは、どうすればいいのか悩んでいる表情だった。持て余した感情の行き場を探しているようだった。

「最後になんて言ってた？」

「え？」

「聞こえてたら、教えて。知りたいの」

「……」

　コリオは答えられない。

　ヒョウエが爆発するとき、コリオは誘爆しないように逃げるので精一杯だった。何も聞こえなかった。

　それに、あの爆発の中で、何を言えただろうか。何かを言えるとは思えない。

「わかった。ごめん」

　コリオの沈黙から、状況を汲《く》み取ったイアは、さびしそうに謝る。

「どうして、それを？」

「二人で約束してたの」

「なんて」

「死ぬときにはお互いの名前を呼んで死ぬって」

「……」

「でも、いい。もし言えたら、絶対カートヘロは言ってたから」

イアは、表情を見せたくないのか、寝返りを打って背中を向ける。

「……あたしも絶対言うから、だいじょうぶだよ。こういうこと言ったら、ハミュッツさんに怒られたけど」

もう一度、イアは振り向いた。

「そうだった。これも三毛ボンとちょっと関係あったかな」

「どういうこと？」

「……ううん、なんて言えばいいのかな。見れば多分わかるよ。だから探しなよ」

そのとおりだった。コリオは家捜《やさが》しを続ける。

「そういえばさ、あの子なんていうのかな。本名ちゃんとあるのよね。君知ってる？」

コリオはとっさに嘘《うそ》をついた。

「知らない」

「……そう」

言えばイアは、シロンを恐れて忌《い》むだろう。それはコリオにとって悲しい。できる限り長い間、彼女のことを知ってほしくなかった。できる限り長い間、シロンを好いていてほしかった。

そのとき、戸棚の一番奥に、小さな、スプーンの先ほどの大きさの『本』の欠片を見つけた。長くそこに放置されていたのか、少し埃《ほこり》が積もっていた。この町に舞い散る煙突から立ち上る灰の埃であった。

コリオは聞く。

「見ていいかな」

イアは答える。

「いいよ」

コリオは少しばかり震える指先を伸ばす。

風が強くなってくる。嵐は小さなイアの家を揺らしている。

指先が『本』に触れた。待っていたよ、と『本』がささやいたような気がした。

町中を駆け回りながら、ハミュッツは考える。

戦い始めてからどれほどの時間が過ぎたか。

一時間か、二時間か。

足が、太ももが、ふくらはぎが、疲労でいつもの倍に膨《ふく》れ上がっているような気がする。

濡れた服の重みすら、体に《と》こたえるようになっていた。

民家の屋根を駆け、壁を跳び、地を這《は》って、空を舞う。逃げ回りながら、ハミュッツは攻撃を続ける。

接敵《せってき》しては勝ち目はない。互いが視認できる距離でも不十分。

ハミュッツにとって、距離はいくら取っても不足なのだ。

攻撃の気配を感じ、ハミュッツは跳躍《ちょうやく》した。寸前にいた場所を、シュラムッフェンの攻撃が襲う。そしてまた全力で駆け出した。

大したもんだよ、とハミュッツは思う。

元来、シュラムッフェンを含めてですら、ハミュッツの戦闘力はシガルを上回っているのだ。十分に距離を取って、長距離用の礫弾を時間をかけて加速し、全力で撃ちこめば、シュラムッフェンの防御《ぼうぎょ》ごとシガルを吹き飛ばすことが、おそらくできる。シュラムッフェンの射程はせいぜい五、六十メートル。距離を取れれば、恐れるに足る相手ではないのだ。

しかし、今はその距離が取れない。

シュラムッフェンを抜いていないときならば、攻撃は簡単にシガルに当たる。もともと遠距離からの不意打ちはハミュッツのもっとも得意とする攻撃だ。

しかし、それをするだけの時間を取れなかった。

勝てない相手ではないのだ。だが、今は、たった今この瞬間だけは、ハミュッツの勝ち目はあまりに薄い。

この町に嵐が来るのは、百年に一度。

わずか、百年に一度の勝機をモノにできるとは。

クソよりもくだらない相手だが、その部分だけは認めてやろうとハミュッツは思った。

ハミュッツは、民家のドアを蹴破《けやぶ》って中に乱入した。中にいた夫婦と子供を、当て身で気絶させて、まとめて窓から放り出す。攻撃がすぐさま来た。家の半分が、みじん切りになって瓦解《がかい》する。ハミュッツは両手で顔をかばい、降ってくる破片から目を守った。

「よし」

シガルの声がかすかに聞こえた。その隙を見て、振ってくる破片の雨の中から、礫を放つ。だが、それも空しく散っていった。ハミュッツは即座に壁をぶち破って逃げる。

町は大騒ぎになっている。ハミュッツは喉《のど》が嗄《か》れるほどの声で、外に出るなとわめき続けていた。

人のいるところに出たのは不本意だった。だが、逃げ回るうちに、どうしようもなくここまで来てしまったのだった。

シュラムッフェンの攻撃をかわしながら、再度森に戻る余裕はもうハミュッツにはない。

ハミュッツはぎりぎりのところで戦っていた。

回避動作《かいひ》は、シュラムッフェンの把握《はあく》限界よりも、わずかに速いようだ。攻撃はどうにか避けられる。だが、シュラムッフェンは疲れないが、ハミュッツは疲れる。いずれは、さびた車輪が軋《きし》みを立てるように、ハミュッツの足がさび付く時が来るだろう。

さらに悪いことに、今のハミュッツにはシュラムッフェンの防御を超えて攻撃を加える手段がないのだ。

苛立《いらだ》ちと焦《あせ》りは疲れを早める。闘志と判断力が尽きないうちに勝利をもぎ取らなくてはいけ

ない。

だが、ハミュッツは疲れている。休もう。休みがほしい。

熱くなった体を、雨に当てて冷やし、暴れる心臓を馴《な》らして乗りこなす時間がほしい。

ハミュッツは、距離を取った状態で立ち止まった。

それを見て、シガルも歩みを止める。

「どうするつもりだ」

ハミュッツは言った。呼吸の荒さを悟られないように。

「………何のことだい？」

「お前の魂胆《こんたん》など、とうの昔に暴《あば》かれてる。シロンのようにだませると思っているのか」

「ははは っ」

この笑いだ。この笑いがハミュッツを苛立たせる。

「隠す必要がどこにある？ 薬が欲しければ、這いつくばって乞《こ》えばいい。邪魔するものは切って捨てればいいのさ」

「……馬鹿《ばか》が」

ハミュッツは言葉を漏らす。

くだらない男だ。そこそこの才はあるが浅慮《せんりょ》、軽薄。心の厚みがない男だ。こんな無駄話に興《きょう》じている暇《ひま》があるなら、さっさと攻め込めばいいのに。

そもそもこいつの策は何だ。薬さえあれば、すべての人間が思いどおりになるとでも思っているのか。爆弾や奴隷《どれい》ばかりを相手にして、人間をわかってないのだろう。

自分はこんな相手に負けるのか。ハミュッツはそう思い、慌《あわ》てて打ち消す。

「ではさっさと死ね」

ハミュッツは後ろに十メートルも跳ねる。それだけ移動して、攻撃はぎりぎりでかわせた。

勝機は、シュラムッフェン相手にはない。狙うべき相手は、持ち手であるシガルしかいない。

ハミュッツの狙撃が怖いと、シガルは言った。

持ち主が完全に無防備な状態では、シュラムッフェンも防御能力を発動できないはずだ。

隙を、作らせなくてはいけない。

完全に、シガルの意識がハミュッツから消えるほどの隙を。

いかにシガルが三流の相手とはいえ。この戦況の中にあって、ハミュッツ一人を殺すために、これほど入念に準備をしてきた相手に対して。

そんなことが可能なのか。

迷いながら、ハミュッツは走る。探せ。考えろ。見つけなければ。

雨は小降りになってきた。

雲が足早に空を駆けている。

『本』が開かれた。

コリオの意識が、二百五十年の過去に引き戻される。

少女が泣いている。汚れた壁を背に、腐ったどぶを足元に、少女が泣いている。

年は十歳ぐらいだろう。場所は古い貧民街のようだ。壁には泥《どろ》で、卑猥《ひわい》な落書きが書かれている。

彼女のそばには誰もいない。辺《あた》りは薄暗く、日は落ちかけて、町は物悲しく、そして少女の髪は、三毛猫のような斑《まだら》だった。

「ねえ、お兄ちゃん。遠い日の、お兄ちゃんとお姉ちゃん」

彼女は、語りだした。答えるものは誰もいない。しかし彼女は一人しゃべっていた。

シロンは返事を待っているようだった。焦《じ》れたようにシロンは続ける。

「ねえ答えて。お兄ちゃんとお姉ちゃん。そう。お姉ちゃん、イアっていうの？　お兄ちゃんは、カートへロっていうのね」

シロンは、控えめな、小さな声で言った。

「助けてほしいの」

しばらく、返事を待つかのようにシロンは黙った。

「この先、悲しくて、苦しいことばかり。どうすればいいのかわからない。何のために生きてるのかわからない。生きてたところで仕方ないの」

少女はそばにいない相手と話し続ける。

「どうしてって……たくさん人を苦しめるわ。それはいやなの。でも逃げられない。どうやっても逃げられないの。それに、わたしも悪い人について行っちゃうの。貧乏するのがいやだから」

シロンは、そう言ってまた目を潤《うる》ませる。

「……ねえ、どうすればいいの。生きる意味がわからなくなったら、どうすればいいの？教えて。わたし、見てるから。そう。わたし見れるの。お姉ちゃんのことも、お兄ちゃんのことも」

幼いシロンは、そのまましばらくの間、待っていた。彼女の三毛猫色の髪の毛が、一瞬ざわりと揺れた。

彼女の予知能力が発動したことが、コリオにもわかった。

「……ありがとう。お姉ちゃん、お兄ちゃん。今はわからないけど。いつかわかると思う」

幼いシロンは、少しはにかみながら笑った。また髪の毛がざわりと動いた。

「うん、その人はね、そうなの。

名前も知らないけど、どういう人かは知ってるの。

強い人よ。本当に強い人なの。

嵐の日だわ。強い嵐の日を知ってるの。

その人はね、女の人をかばいながら、小さなナイフを抜いて、わたしの名を呼ぶの」

涙をためた彼女の顔に、ほんのわずか笑顔が浮かんだ。

「その人と一緒にね、わたし夕日を見るのよ。ずっと後、わたしが大人になったときに。そう、一緒に見るのよ。すごいでしょう。わたし、その人と一緒に夕日を見るの」

シロンは、はしゃぐ。

そこで本は終わった。ひどく短い本だった。


コリオは、目を開いた。

しばし、言葉を失っていた。

「その子。あたしたちの名前を知ってるのよ。不思議だよね」

イアが言った。

「カートヘロが、その子のことをすごく気にかけてたの。どうにかして助けてあげたいって言っててね、あの子に何を言えばいいのかって、二人で話し合ったの」

イアは、昔を懐かしむように、優しい声で語った。

「その子が、どうして苦しいかあたしたちは知らないし、知ってても何にもできないし、もしかしたらほんとにどうしようもなく辛《つら》いことなのかもしれないし。

だから何かできるわけでもないけど、どうにか助けてあげようって二人で話したの。

何もできなくても、アドバイスならできるから」

「何て言ったの?」

コリオは聞いた。

「生きる意味なんて、一人じゃ見つからないよって言ったわ」

イアは笑う。

「どんなに考えたって、一人じゃ絶対、わからないよって。自分一人で生きていたら、悲しくなっちゃうよ。

一人で生きてるって思ってても、本当は誰かに優しくされたりしてるから、本当は絶対一人じゃないよって。そう言ったわ」

コリオのあふれそうな心に、イアの言葉が染《し》みこんでくる。

それとともに胸の中に湧《わ》き上がる奇妙な気持ち。

シロンが、コリオの隣にいて、一緒にイアの言葉を聞いているような一体感。

同じ気持ちを分かち合っているという安心感。

コリオとシロンを隔《へだ》てる、時間の壁が取り払われたような開放感。

「難しいことじゃないよ。あたしもカートヘロも、ぜんぜん何にもできない人間だけど、それだけはできたから。

自分から、離れていかないで。

遠くに離れてるように見えても、ほんとはすぐそばにいるから」

そうだ、とコリオは思う。

きっとシロンも思ったんだろう。

「シロン」

コリオは、その名を口に出して呼んだ。すぐそばにいるシロンに、呼びかけるように呼んだ。そんな風《ふう》に彼女の名前を呼べるなんて、思っていなかった。

ずっと、遠くにいると思っていた。手の届かないどこかにいると思っていた。

コリオが何をしても、コリオが何を言っても、届かないところにいると思っていた。

そうじゃない。あの子はここにいた。

コリオのことを見ていた。

コリオとともに生きていた。

そうだ。

仲間を失って、爆弾を失って、それでも生きていたのは、シロンがいたからだ。

シロンはどこにもいないなんて、思ってた自分が嘘だ。コリオはずっと、胸の中のシロンとともに生きてきた。

これから、自分が何をするべきか。コリオはわかっている。

ずっと前に聞いた言葉の意味を、コリオは今理解した。

間違えるはずもない。それは、シロンの言葉だからだ。

「……行く」

シロンの『本』を戸棚の中に戻して、コリオは言った。

「どこに?」

「行かなくちゃいけないところがある」

そう言いながら、ズボンのポケットを探った。それはあった。

コリオに残された、たった一つの持ち物。この町に来るときに渡された、小さなナイフ。その冷たい感触に触れて、コリオは十分だと思う。自分にはもう、この他に何もいらない。

「どこへ行くの？」

「わからない。たぶん、戦うんだと思う」

「だれと？」

「わからない」

「どうして？」

コリオは、考える。

「そこに、シロンがいるからだ」

「………」

イアにとっては、不可解な答えである。

しかしイアは、それ以上の答えを、コリオに求めなかった。

コリオの心が、言葉よりずっと明確に、コリオの心をイアに伝えていた。

「ありがとう、迷惑かけた。本当に……そうだ。全部君のおかげだ」

コリオは歩き出す。

「…………よくわかんないけどあたしは、カートヘロのおかげって言ってくれたほうが嬉《うれ》しいな」

「そうだな。そうだ。カートへロと、イアのおかげだ」

コリオは、外へ向かう。嵐の末だやまない外へ。イアはその背中を見送りながら、別れの言葉を送る。

「……ありがと。元気でね」

「イアも元気で。必ず、元気で」

玄関から、コリオは外に出る。そして、駆け出す。

雨は、いつの間にかやんでいた。

大切な人を失った場所と、シロンは言った。

それがそこだということは、わかっている。

コリオを今に導いた人と、友になれなかった友の二人を、失った場所へ。

終章　夕方とシロンとコリオ

雨はいつのまにか、やんでいた。

風はいまだ強い。雲は、東から西へ、せわしく流れていく。

シガルは、額《ひたい》に張り付いた髪の毛を丁寧《ていねい》に手で整えた。足元には、膝《ひざ》をついたハミュッツが、投石器を握り締めている。

その彼女を見下ろしながら、シガルはポケットの防水のシガーケースからマッチを取り出し、二、三度擦《す》った。戦いの中で、どこかから水が入ったのか、マッチは嫌なにおいの煙を出すだけだった。

シガルはマッチを投げ捨てた。ひざまずくハミュッツは、それを見てにやりと笑う。

「ざまあ、ねえな。死刑囚《しゅう》でも、最後の煙草《たばこ》は吸わせ……てもらえるもんだけどなあ」

ハミュッツは傷の痛みに顔をしかめた。せっかくの台詞《せりふ》も途中で途切れてしまい、迫力不足になってしまった。

「さあ。攻めて来いよ。怖いか。そうだろうな。当たり前だ」

ハミュッツは続ける。虚勢《きょせい》だった。ハミュッツの強靭《きょうじん》な肉体と、魔術による身体能力の補助を加えてもなお、もう足が動かなかった。

そのハミュッツを見下ろして、シガルが言う。

「命乞《ご》いはしないのかな？　負け犬女。犬のように尻《しり》を上げて、命乞いをしたまえ」

「………クソ野郎が」

ハミュッツは考える。どの攻撃がやばかったのか。

今さっき、体の右半分、ざっくりやられたのがまずやばいな。これで動けなくなったんだし。右肩から、おへそまでやられたから、右の胸が縦《たて》に真っ二つか。まあいいや、自慢するほどでもないし。

右足の、爪先《つまさき》から向こうを切り落とされたのも、ひどかったな。右足の指は、小指の付け根しか残っていない。切り口が泥《どろ》の中に埋まっている。静脈の中にもぐりこんでくる汚水。頭の中が熱くなってる今はともかく、冷静になったらさぞかし痛いだろう。

体の切り替えをした時、右足首の靭帯《じんたい》切ったのもまずかった。あれで右足もっていかれたんだ。

頭もいろいろ打ったし。受け身失敗するなんて、一度基本からやり直したほうがいいか。指からも血が出てる。投石器回しっぱなしだったからな。

戦略のミスも大きい。台風がこんなに早く過ぎるなら、逃げに徹するのも手だった。

まあいいや。考えるのやめた。とにかく全部だ。

シガルはニヤニヤと笑いながらハミュッツを見ている。

「ふん、もういい。死ね」

そしてシガルはゆっくりとシュラムッフェンを持ち上げた。

ハミュッツは投石器を握り締める。

せめて、相討《あいう》ちに持ち込む。

自分を殺した野郎を、生かしてはおけない。それだけだ。

「……………」

ハミュッツはふと、周囲を見渡した。風に舞う新聞紙。へしおれられて雨に濡《ぬ》れた木の枝。今まで周囲に気を配っていなかったが、そこは町の外れにある、空《あ》き地だった。周囲には、廃材、鉄くず、石炭くず。

雨と嵐で消えかけているが、地面に爆発した跡《あと》が残っていることにハミュッツは気がついた。シガルの用意した爆弾が、ここで爆発したんだろうか。

最後の光景にしては冴《さ》えないなと、ハミュッツは思った。

「ハミュッツ＝メセタ」

そのとき、声がした。危険を感じて離れていく、周囲の住人の声ではない。

シガルとハミュッツは、声のした方向を見た。二人の、人間を超えた戦いの場に、分け入ってくる人間がいた。

場違いな乱入者は、少し息を切らしながら、静かな声で言った。

「待て。俺がやる」

乱入者は、少年だった。背の低い、やや猫背な体。伸び放題の、白髪《しらが》混じりの髪。灰色の麻《あさ》のシャツが、雨にわずかに濡れていた。

「誰だ？」

シガルは聞いた。

「コリオ＝トニス」

乱入者は、簡潔に名乗った。そしてハミュッツをかばうように、膝をつく彼女の前に立った。

「コリオ……誰だったかな。思い出せない」

「お前たちに飼われていた。爆弾の一人だ」

「それはそれは。まだ生きていたのか。しぶとい奴《やつ》もいるものなんだね」

シガルは、にこりと笑って、シュラムッフェンの刀身《とうしん》を収める。

ハミュッツは、そこに勝ち目を探した。だがまだ十分な隙《すき》はない。シガルはハミュッツへの警戒《けいかい》をまったく解いてはいなかった。

「しかし、好都合だよ……コリオ君だっけ？　よし、気に入った。君にハミュッツを殺す栄誉を与えよう」

シガルは笑い、コリオの胸を指差す。

「彼女を殺しなさい」

しかし、コリオは動かない。シガルは、それを見ていぶかしげに眉《まゆ》をひそめる。

「どうしたんだい？　早く爆発しなさい」

コリオはシガルの言葉に答えない。

「何しに来たガキ。邪魔だ。どけ」

ハミュッツが、背を向けるコリオに向かって言う。

「何のつもりだ。てめえの出る幕じゃねえ。消えろ。大人しく、どっかで、生きるか死ぬかしてればいいんだ」

コリオは、ハミュッツの言葉にも答えない。ハミュッツはコリオの背中をにらむ。

「どうしたんだい。早くしたまえ。まあ喜びに浸《ひた》る時間を、すこし与えてあげてもいいかな。それにしても、どうしようもない世の中だと思っていたが、まだまだ見るところのある人間もいるものだね。ははは、いい気分だ」

「邪魔だ。どけ、コリオ。お前がそこに立っていると、あのクソ野郎を殺せねえ」

コリオは、ゆっくりと、そしてはっきりと口を開いた。

「シロンの『本』を」

コリオは、シガルに話しかけていた。ハミュッツが顔に疑問符を浮かべる。

「シロンの『本』を持っているのか？」

やれやれと、肩をすくめるシガル。

「何を言ってるんだか。どうでもいいことにこだわって、時間をつぶしたくないんだ」

「持ってるんだな」

コリオは問い詰める。シガルはまともに答える気すらないようだった。

「……シロンの『本』が欲しいのか？　馬鹿《ばか》かてめえは。なに考えてんだクソガキ」

ハミュッツが後ろから言う。

「それもある。でも今は、それはどうでもいい」

「なんだと？」

コリオは、ポケットから、一本のナイフを抜いた。

「今は、戦いに来たんだ」

ナイフを握り締めるコリオの姿に、シガルとハミュッツは、言葉を失う。

『追憶《ついおく》の戦機』シュラムッフェンの持ち主と世界最強の狙撃手《そげきしゅ》の戦いに、ナイフを一本持って割り込む、戦いの素人《しろうと》。

常識の遥《はる》か遠くにいるハミュッツの目から見ても、なお常識はずれなその行動。

「馬鹿かお前は。勝つ気か？　お前が勝つ気なのか？」

ハミュッツの問いは、当然のものだ。コリオは答える。

「………あなたが勝てない相手に、俺が勝てるわけない。千回戦ったって、あいつには勝てない」

コリオは、ナイフを握り締める。七メートルほど離れた先で、シュラムッフェンを持つシガルをにらみつける。

シガルは、コリオを笑いながら見ている。

しかし、圧倒的力量差を前にしながら、コリオの意思は揺れていない。

「だから、戦うのは俺じゃない」

「誰が戦うんだ」

「俺と、シロンだ」

そのとき、吹いていた風が弱まってきていた。シガルもハミュッツも、そのことに気がついていない。

気がついているのはコリオだけ。

「どうやって、勝つ気だ」

「わからない」

コリオは、待っている。その時を信じて。

「なら、逃げろ」

「いや、戦う」

コリオは、ぎり、と地面を踏みしめる。

「なぜ」

「シロンが見たのは、きっと逃げる俺じゃない」

風が、そのとき、急速に弱まる。

「シロン………」

コリオは呟《つぶや》く。

「今、なのか、シロン」

風が、やむ。

「今なんだなシロン！」

コリオは笑うシガルに向かって駆け出す。

「今なんだな、シロン＝ブーヤコーニッシュ！」


夕暮れの中でシロンは言った。

「わたしの言葉が届く時。大切な人が、大切な人を、失った場所に行ってください。

長い間、求めていたものがあなたの背中を押すでしょう。

わずかに片時、風がやむ一瞬。決して迷わずに、走ってください」

その言葉を、コリオは確かに覚えていた。


ただ一瞬、風に舞う葉が落ちるほどの間だけ、風がやんでコリオは走る。

シガルが、コリオを細切れにするために、剣に手をかける。

シュラムッフェンが笑い出そうとしたその瞬間。

まったく突然、前触れもなしに。

世界が赤い光に染まった。


「！」

コリオの真後ろ。

ほんの小さな雲の隙間から、差し込んだ赤い夕日。

雨と雲が灰色に染め上げた世界を、夕日は一瞬でかき消した。雲を、風を、対峙《たいじ》する三人を、赤い光で染め上げた。

それはもう、トアット鉱山の薄暗い夕日ではなかった。

わずかに除いた空は、たとえようもなく澄《す》んでいた。

百年に一度の大嵐は、灰に淀《よど》みきった町の空気を、すべて吹き飛ばして清めていた。

何十年ぶりかに差し込む、曇《くも》りない夕日の光。

コリオは、その光を背に。

対するシガルは、その光を正面に。

長く、薄暗いトアットの夕日に慣れきっていたシガルの目が、赤い光に焼かれた。

「シロン！」

コリオは、もう一度その名を呼んだ。

薄暗い光に慣れきっていたシガルの目は、その光を直視できない。

シガルは思わず目を閉じる。シュラムッフェンを抜こうとした手で、目を覆《おお》う。

そのわずかな隙の間に、コリオが果てしなく長かった距離を詰める。

百年に一度の嵐のなか。偶然の上に、偶然を重ねて、一度だけ舞い下りた一瞬の勝機。

それをコリオは摑《つか》み取った。

シガルの胸に迫る、コリオのナイフ。

抜かれるシュラムッフェン。

蜘蛛《くも》の刀身と、小さなナイフが交錯《こうさく》する。

決着は、あっけなく訪れた。


黒い、戦闘服を着たシロン。

手にはシュラムッフェン。

辺《あた》りは血のにおいに濡れ、兵士たちの死体が粉々になって散らばっている。

シロンの手が、ページをめくった。

そこに書いてあるのは、竜骸咳《りゅうがいぜき》の治療法。シロンの予知能力と、研究の成果であった。

彼女はゆっくりとページをめくった。まるでそこにいない誰かに読ませるように。

ページを最後までめくり終えると、シロンは言った。

「一九二四年九月二十日。トアット図書鉱山は未曾有《みぞう》の大嵐になるでしょう。

それは、あの人とあの男が戦うとき。長い間眠っていた竜骸咳が、目覚めるそのときです。

傷ついたお方、この『本』を手にするあなた。

わたしの予知によって、あの男が、あなたを殺しかけることを知っています。

しかし、わたしの予知がなければ、わたしとあの人は出会えない。わたしは、あの人に出会いたい。あの人にわたしを見てほしい。だから、ここで予知をします。あなたには、ご迷惑をおかけしました。お許しください」

そう言って、シロンは本を閉じた。

シロンの語りかける相手は、ハミュッツ＝メセタであった。

「それと、あなたには感謝をしなくてはいけません。

あの人の爆弾を捨て去ってくれたこと。あの人を生かしてくれたこと。

あの人と、カートヘロ兄さんと、イア姉さんの町を守ってくれたこと。

ほんとうに、ありがとうございました」

シロンはノートを指しながら言った。

「この、方法ならば、竜骸咳の薬を一日とかからずに完成できることでしょう。あなたにも、イア姉さんにも、十分な余裕を持って薬を届けることができることと思います。

その程度のことはあなたなら簡単にできることでしょう」

そう言うと、シュラムッフェンを振るい、ノートを粉々に切り裂いた。

「どうせ、置いておいても、消されるものです。これをめぐって争いが起きる可能性を考えれば、こうしておいたほうがいい。

誰も竜骸咳の治療法を知らなければ、わたしと同じことを行うものは出ないでしょう。遠い日の、あの男を除いて」

「……魔女。常《とこ》笑いの魔女」

声がした。人間味のない、男の声である。

「私を殺して何になる。教団が滅ぶとでも思ったか」

魔術師ワイザフの上半身が落ちていた。両腕、下半身が黒い砂になって辺りに積もっている。残された上半身も、砂に変わるのは時間の問題に見えた。

「よく知っています。あなたは所詮《しょせん》末端に過ぎないことも。教団がこれからも生き延び続けることも」

「ならばなぜ」

「……なぜでしょうかね。あの人と一緒です。わからない」

「わからない、だと。死ぬのだぞ」

「かまいません。わたしにはどうでもいいこと」

「馬鹿な……」

ワイザフは、呆然《ぼうぜん》とシロンの顔を見る。シロンは、微笑《ほほえ》んで言う。

「そういえば、今日、あの人の名前を知りました。思ったとおりの、素敵な名前でした」

「……何を言っている」

「あなたには関係のないこと」

シロンは、静かに言った。

「いつの間にかあの人よりも、年をとってしまいました。初めて出会ったときは、ずっと大人に見えたのに。あの人の背中を追い続けて、いつの間にか長い時が、経《た》っていたのですね」

「愚《おろ》かな女め。私の苦しみは、神の苦しみなのだぞ。それを……それを貴様は」

ワイザフの呪詛《じゅそ》は、シュラムッフェンの斬撃《ざんげき》とともに終わった。砂になったワイザフがさらさらと散っていく。

「もっと早く、決断していればよかった」

魔道師の死体を見下ろしながら、シロンは言う。

「思えば、この力をワイザフに買われ、神溺《しんでき》教団に身をゆだねたその日から、なんと無意味な時間を過ごしてきたことでしょう。ワイザフが与える快楽に身をゆだねて、本当の心を見失っていた」

シロンは、語りだした。

「幼いころ。わたしが力に目覚めた一番はじめに、見たのがあの人の姿でした。遠い日、わたしの名を呼びながら、走っていくあの人の姿に、わたしは幼い胸を高鳴らせていました。

その姿をもう一度見たいと、未来に目を凝《こ》らしているうちに、わたしの力は覚醒《かくせい》していきました。

カートヘロ兄さんとイア姉さんに出会い、温かい言葉をいただきました。

あのころは、泣いてばかりいましたが、今思い返せば幸せだったと思います」

一人でシロンは語り続ける。

語る相手はワイザフの死体ではなく、ハミュッツであり、シロン自身であった。

「それから、しばらく経ったある日のことでした。ワイザフが、わたしのところに現れたのは。

人を疑うことを知らなかったわたしは、簡単にワイザフの言葉に乗せられました。

貧しい生活をしていたわたしを、ワイザフは魅了しました。

ワイザフがくれるいろんなごほうびに目を輝かせながら、わたしはワイザフの悪事に加担《かたん》しました。

いつしか自《みずか》らのしていることの恐ろしさに気がつくまで、かなりの時間を必要としました。

自分が行ったことの結果と、ワイザフの恐ろしい計画。その顚末《てんまつ》。予知したわたしの未来は、身震いするほど恐ろしいものでした。

でも、わたしはワイザフから離れられませんでした。

わたしはすでに、王侯貴族のような生活に慣れきって、もとの暮らしに戻ることなど耐えられそうにありませんでした。

ワイザフに立ち向かって未来を変える勇気も、自殺するほどの絶望もありませんでした」

細切れになったノートの破片を、シロンは見つめる。

「その後、ご存知のとおり、わたしは常笑いの聖女と称《たた》えられ、巨万の富を得ることになりました。無論、全《すべ》てはワイザフの計略どおりです。

人々の賞賛を浴びながらも、良心の呵責《かしやく》は常《つね》に胸を責め立てていました。本当は人々を騙《だま》していることを誰かに打ち明けたくてたまらない気持ちがわたしの中にありました。

また、葛藤《かっとう》の日々が続きました。

しかし、莫大《ばくだい》な富と、わたしを称える人々の中で、良心の声は次第《しだい》に小さくなっていきました。

もう、どうでもいいじゃないかと。苦しんだり悩んだりしても何の意味もないじゃないかと。

自分は十分に悩んだし、そもそも世界を救ったのは自分じゃないかと。

何もかも忘れて、いくら使っても使い切れない富に埋もれて、一時の快楽を追い求めて、残りの人生を過ごすのもいいじゃないかと。

そんなことを思って生きてきた、ある日のことでした。

なんの変哲《へんてつ》もない、ある日のことでした。

ただ、久しぶりに見上げた空がひどく美しかった、というだけの日でした。

美しい夕暮れの空を見上げながら、わたしは突然に、あの人の姿を思い出しました。

長らく忘れていたあの人です。わたしの名を呼びながら、死んでいったあの人のことです。

あの人が恋したのは、こんなわたしなんだろうかと、思ったとき、わたしはたまらない気持ちになりました」

「そんなはずがない。あの人は、戦い、立ち向かうわたしに恋をした。

あの人が戦ったように、わたしも戦わなくてはあの人はきっとわたしのことなんて愛さない。そう、わたしは思いました。

巨万の富と、あの人の心。

天秤《てんびん》に載せて、どちらが大事かという問題ではありませんでした。

富をいくら積んでも、あの人の心は買えない。

そう思ったとき、わたしの心は生き返りました。

夕暮れのなか、わたしはワイザフの部下たちを皆殺しにしました。

それが、あの人がはじめに手に入れた、あの『本』です。わたしにとっては今から数時間前のことです」

「わたしはこれから殺されるのでしょう。自分がどうやって死ぬか。死んだあと人々になんと言われるか。わたしは知っています。しかしそれは、わたしに与えられる正当な罰《ばつ》。

逃げるつもりも、弁解するつもりもありません。わたしの罪は、いかなる罰を持ってしても、あがなえないものです。

怖いとは思いません。それどころか、嬉《うれ》しくてたまらない。

あの人に愛されているということのほかに、わたしはもう、何も………」

と、シロンは言葉をとめて、自分自身にあきれ返ったように、首を横に振った。

「………懺悔《ざんげ》をするつもりでした。でも、口から出てくるのは皆あの人への恋の言葉ばかり。

ああ、なんと罪深いわたしの心か」

その言葉を最後に、シロンは未来への言葉を終わらせた。

「フィーレア宰相《さいしょう》殿」

と、部屋の端にある丈夫《じょうぶ》そうな鎧箱《よろい》に、シロンは語りかける。

「もう、出てきてもかまいませんよ」

そう言うと、鎧箱の中から、僧衣《そうい》の男が出てきた。フィーレア宰相である。

「お待たせしました」

「待つのはかまいませんが……何を話していらっしゃったのですか？」

シロンは、ふふ、と笑っただけで答えない。

「参りましょう。ワイザフは死に、しばらくは神溺教団も動きを止めるはずです」

「シロン殿……」

フィーレア宰相は言う。

「このまま、逃げられてはいかがでしょうか。あなたは、もう十分に務めを果たされた。裁判にかけられれば、きっとあなたは……」

「いいのです」

「どうして」

シロンは、いつもの決然とした顔ではなく、年相応の少女のような顔になり、少し恥《は》ずかしげな笑顔を見せた。

「あの人が愛したのは、きっとそんなわたしではないから」

ハミュッツは、その『本』を読み終える。ハミュッツは、血に塗《まみ》れた手で、シガルから奪ったその『本』をしまった。

彼女の足元には、一人の男が倒れ、一人の男が膝をついていた。

魔刀シュラムッフェンは、二人から遠く離れたところに転がっている。

ハミュッツは、足の痛みをこらえながら二人の男を見下ろしていた。

「………い、たい」

と、膝をついた男が言った。

「許されない、この痛みは許されない。罪悪だ。悪徳の所行《しょぎょう》だ」

「シガル」

ハミュッツは、膝をついた男の名を呼んだ。

「僕の魂《たましい》は神に捧《ささ》げる魂なんだ。ハ、ハミュッツ、痛みを消してくれ。この苦痛は許されない。この、このナイフを抜いてくれ、助けてくれ」

肋骨《ろっこつ》の隙間を縫《ぬ》って肺に突き刺さったナイフを、握り締めるシガル。

口から漏《も》れる血しぶきと、にじむ血。

即死する傷ではないが、放っておいて助かる傷でもないと、ハミュッツは判断する。

「あのさあ、シガル君」

ハミュッツは言った。通常時の、のったりした口調であった。

「なんだっけ。人の幸せは神の幸せなのよねえ。人が幸せになれば、神様も幸福になるのよね？」

シガルは、ハミュッツにすがりつくような目を向ける。

「そうだ。そのとおりだ。これは間違いだ、間違いなんだよ」

「じゃあ、君はいい仕事しちゃったのかもねえ、シガルくん」

ハミュッツは、そう言いながら、腰を下ろす。彼女の前には、倒れ伏すコリオ。

ひどい有様《ありさま》だった。

全身についた無数の傷。骨まで切り裂かれたコリオの体。

かろうじて、人の姿を保っている体だった。

即死だっただろう。

苦痛を感じる間もなかっただろう。

ハミュッツは、コリオの体を優しく、そっと、千切《ちぎ》れてしまわないようにひっくり返す。

そして、口とまぶたを閉じさせた。戦い、死んだ仲間への、最低限の礼儀だった。

コリオの刃《やいば》はシュラムッフェンが発動する前に、たしかにシガルに届いていた。

シュラムッフェンが笑ったのは、シガルが情けない悲鳴を上げて、シュラムッフェンを取り落としたその後だった。残虐《ざんぎゃく》なシュラムッフェンの意思は、自身の持ち主を殺した相手が、生きていることを許さなかったのだ。

コリオは間に合わなかったから、死んだのではない。

はじめから命と引き換えでしか得られない勝利だったのだ。

「シガルくん、もしかしたら君は、いい仕事をしたのかもねえ」

ハミュッツは、悲しげな顔で、血濡れたコリオの死に顔を見る。コリオの顔は、安らかに眠る子供のような顔になった。何一つ、悔《く》いることのない顔だった。

「幸せそうじゃない。君なんかより、ずっと、幸せそうよう」

「………嘘《うそ》だ」

シガルは、呆然と、ハミュッツと、コリオの顔を見る。

「そんなことが………あるわけが、ない。どうして、僕よりも爆弾ごときが」

「さあね」

ハミュッツは、落ちていた石を拾い、親指ではじいた。小石は頭蓋骨《ずがいこつ》を砕《くだ》き、脳をえぐり、シガルの苦痛を終わらせた。

「どうしてだろうね。ねえ、コリオ」

ハミュッツは、ぼろぼろになったコリオの体に呼びかける。

「何が、そんなに満足なのかなあ」

嵐は、いつの間にかやんでいた。

向こうから、マットアラストが歩いてくることに、ハミュッツは気がついた。黒い帽子は吹き飛ばされ、黒いコートはべっとりと雨と血に濡れている。右手で脇腹を押さえ、残った左手でかろうじて銃を持っている。

「終わっちまってましたか」

と、マットアラストは言う。その体でまだ戦うつもりだったのだ。

「そうねえ。終わっちまってるわねえ」

ハミュッツは答える。

「勝ちましたか。危ないところでしたね」

マットアラストが咳《せき》をする。血のしぶきが空中に飛んだ。

「いや、負けたわ。完敗だったわよう」

「え？」

「勝ったのは、こいつらよ」

と、ハミュッツは傍《かたわ》らの死体を指し示す。

「……こいつら？」

「コリオとシロン」

また、雲の切れ間から、夕日が差しこんでくる。ハミュッツは振り返ってその夕日を眺《なが》める。

きっとシロンも、この夕日を見ているんだろう。

そしてこの夕日を見つめながら、彼女はコリオに恋をした。

コリオが持っていた『本』のことを、ハミュッツは思い返す。

あのときの彼女も、同じ夕日の中にいた。

なんと奇妙な二人の出会いだろう。

シロンは、戦うコリオに恋をした。

恋するシロンは戦いにおもむき、夕日の中で死を決する。

コリオもまた、夕日の中で戦うシロンに恋をした。

恋するコリオは戦いに向かい、夕日を受けて勝利を得る。

ぐるぐる回る恋の円環《えんかん》。

逆説的な二人の純情。

その中で、先に恋をしたのは、はたしてどちらの側だったんだろう。

「………どっちでも、いいか」

と、ハミュッツは呟いた。

今も、昔も、これからも、夕日の赤さは変わらない。彼らにとっては、それだけでよかったんだろう。

変わらない夕暮れの中で、二人は同じ時を過ごしていたのだ。

断章

リンゴと花と過ぎ去りし石剣

「わからないのは、『本』屋のことです」

と、ミレポックは言った。

神立バントーラ図書館の敷地内にある、病院でのことである。

シガル＝クルケッサとの戦いが終わって一週間。ミレポックは、バントーラ図書館の敷地内にある病院に入院していた。隣の部屋にはマットアラストが、その隣にはハミュッツが、傷ついた体を横たえているはずである。

ミレポックに怪我《けが》はなかったが、竜骸咳《りゅうがいぜき》に感染している恐れがあるので、強制的に入院させられた。どこも悪くないのに入院するのはミレポックには不満だった。

トアット鉱山には別の武装司書たちが向かっている。シロンのもたらした薬のおかげで、死者は全く出ていないらしい。

手持ち無沙汰《ぶさた》なミレポックは、事件のことを思い返し、推理することで気を紛《まぎ》らわしていた。

その話し相手は、ミレポックのベッドの横で、椅子《いす》に腰掛けてリンゴをむいている。

「『本』屋というのは、コリオ＝トニス君にシロンさんの『本』を渡した人のことね」

「そうです。この人のことがわからない」

「たしかに、少しおかしな人かもしれないわね」

ミレポックが話しているのは、現役最年長の武装司書イレイア＝キティだった。

年のころは、六十に近いだろう。まるで初孫を見るような笑顔をミレポックに向けている。

少し太った体を、上品なエプロンドレスに包んだ、初老の女性である。

ミレポックにとっては大先輩だが、気さくな人柄で誰とでも気軽に話をしてくれる。

ハミュッツとは違う意味で信頼の厚い女性である。

「おかしいことだらけです。シロンの『本』を持っていただけでもおかしいのに、三度にわたってコリオ＝トニスにその『本』を渡している。

偶然にしては出来すぎています」

「その『本』屋さんが、なにか重要なことに関《かか》わっていると？」

「思っています。間違いありません」

ミレポックは、力強く頷《うなず》く。

「でも、敵の一味ではないと思います。間接的に代行を助けてシガルを殺しているわけですから。事情を知っていて、どちらの味方でもない第三者……」

「たまたまそうなってしまっただけかもしれませんよ。まさかコリオ君がシガルさんを倒すなんて、神様だって予想できないわ」

「それでも、なにかあるはずです」

ミレポックは、髪をかき上げながら考える。イレイアは上品な手つきでリンゴを切り分けていく。

「ハミュッツさんとマットアラストさんはどう言っているの？」

「二人とも、何も言っていませんでした。マットアラストさんは何も知りません。代行に『本』屋について聞いてみても『そうねえ。ふしぎねえ』と言うだけでした」

ミレポックはハミュッツの口調を真似《まね》ながら言った。

「退院したら、あの『本』屋を追ってみようと思っています。あの『本』屋には間違いなく、なにかある」

「リンゴ、おいしいわよ」

イレイアがリンゴの載った皿を、ミレポックに渡してきた。ミレポックは、素直にリンゴの皿を受け取り、八分の一に切り分けられたリンゴを二人でつまむ。

皿のリンゴが残り一つになったとき、突然イレイアが口を開いた。

「ラスコール＝オセロ」

「え？」

聞き覚えのない人名に、リンゴに伸びていた手が止まる。

「最近の子は知らないかもしれないけれど、わたしが若いころに図書館に伝わるおとぎ話があったの。

『本』屋ラスコール＝オセロ。

死者が望んだ相手に、その人の『本』を届ける『本』屋がいる。そういう噂《うわさ》がまことしやかにささやかれたの。

恋する女の子は、ラスコール＝オセロの名を呼んで、告白できなかった男の子に『本』を渡して欲しいと願ったのよ」

色恋に興味の薄いミレポックは、冷淡《れいたん》に答える。

「……それがなにか」

「ミレポックさんは興味がない？」

「……ロマンチックではありますけれど。

それならつじつまが合いますね。

シロンの願いをかなえるために、そのラスコール＝オセロがコリオのところに『本』を運ぶ。

おとぎ話の世界ですが」

「……ミレポックさん。ハミュッツさんは本当に、ラスコールについて何も言っていなかった？」

「はい」

ミレポックが答えると、イレイアは頰《ほお》に手を当て、目を閉じて考える。

いつになく真剣な表情になっていた。

「しばらく前にね、ラスコール＝オセロが実在するのではないかと疑われたことがあったわ」

ミレポックはそのことを知らない。自分が武装司書になる前の話だろう。

「もし、実在しているとしたら、勝手に『本』を取引する密売人だから、取り締まらなくてはいけないわ。先代の館長代行が何人かの武装司書に調査を命じたの。わたしも関わったわ」

「……………その調査の結果は？」

イレイアが首を横に振った。

「まだ出ていないの」

「わからなかったんですか？」

「いいえ。調査は打ち切られたの」

イレイアが今度こそ本当に真剣な口調になる。

「その調査の打ち切られたのが、五年前。ちょうど館長代行がハミュッツさんに交代したときのこと」

「……………」

「そう。ハミュッツさんがやめさせたの。館長代行に就任してから最初に。ラスコール＝オセロなんているわけないから、時間と労力の無駄、とね」

ミレポックは、つまらなそうに返事をする。

「なら、そうなんですよ。ラスコール＝オセロは実在しない。それだけです」

「でも、本当にそうなのかしら」

「なにがですか？」

「ハミュッツさんは本当に、ラスコール＝オセロがいないと思っているのかしら」

「どういうことですか？」

「もしかしたらハミュッツさんは……」

イレイアは、途中で言葉を切った。ミレポックはその続きを待つが、イレイアは笑って首を横に振るだけだった。

「なんでもないわ。忘れてちょうだい」

イレイアはそう言って、リンゴの最後の一つをつまみ上げた。


時は同じく。所は遙《はる》かに遠い。

嵐は遙か彼方《かなた》に過ぎ去り、竜骸咳とシガル＝クルケッサという、恐るべき災禍《さいか》も過ぎ去ったトアット鉱山町。

武装司書たちが作った薬で病《や》んだ人々も癒《い》え、壊された家や物も、もとの姿に戻ろうとしている町の中。

その中に、一人の男が立っていた。

場所は、町の片隅《かたすみ》にある小さな空《あ》き地。

ヒョウエ＝ジャンフスとカートヘロ＝マッシェアが、そしてコリオ＝トニスとシガル＝クルケッサが命を散らしたその場所である。

空き地の片隅に置かれた三本の花束に男は目を留めた。

同じ花、同じ形の三本の花束である。きっと同じ人が、三人分の花を添えていったのだろう。

三本の内訳は、カートヘロ、コリオ、ヒョウエのぶんだろう。シガル＝クルケッサの死を弔《とむら》おうとするものなど、いるわけがないことを男は知っている。

さて、花を置いたのは誰か。ハミュッツがそんな感傷的なことをするとは考えられない。ミレポックか。マットアラストか。やや彼らとの繋《つな》がりが弱いか。

きっと、イア＝ミラだろう。あの心優しい売春婦。彼女の顔を思い返し、ふと口元をほころばせた。一面識もないヒョウエ＝ジャンフスの花まで、添えるとはなかなかできることではないと男は考える。

その男の名はラスコール＝オセロ。

かつてコリオにシロンの『本』を渡したあの『本』屋であった。

「さて、仕事でございます」

ラスコールは呟《つぶや》いた。

コリオに本を売ったときと、口調がまるで違う。

丁寧《ていねい》で、しかもどこか底知れない深みを持った口調だった。

ラスコール＝オセロは、地面に膝《ひざ》をつき、懐《ふところ》から一本の短剣を取り出した。

小さな短剣である。果物の皮をむくのに便利そうな大きさだ。

柄《つか》は樫《かし》の木だろう。その形は、人間の腕を模《も》している。苦悶《くもん》に喘《あえ》ぐ人間が空をつかむ瞬間のような手の形だ。

刃は肘《ひじ》のあたりから伸びている。柄と同じ長さの、両刃《もろは》の直剣。

奇妙なことに、その刃は石でできていた。

ラスコールは逆手《さかて》にその短剣を持ち、刃を地面に向ける。

「追憶《ついおく》の戦機。過ぎ去りし石剣ヨル」

ラスコールが短剣の名を呼ぶ。そしてその短剣……過ぎ去りし石剣ヨルを地面に突き立てた。

すると、周囲の土が見る見るうちに固まっていく。ラスコールが短剣を抜くと、抜いた跡《あと》に一冊の『本』ができあがっていた。

元来、ありえない現象である。

人の魂《たましい》を化石に変えるのは、過去神バントーラのみが行える業《わざ》であり、いかなる魔法を使うとも、人工的にそれを行うことはできない。

人間はもとより、未来神オルントーラや現代神トーイトーラすらできないことだ。

しかし、そのありえないことをラスコール＝オセロと過ぎ去りし石剣ヨルは当然のように行った。

男は道具入れから付箋《ふせん》を取り出した。その付箋は司書や『本』屋が普通に使っている付箋だった。

ラスコールがそれに、付箋を張り付ける。そして木炭《もくたん》のペンで『本』の主《あるじ》の名を書き記す。

『シガル＝クルケッサ』

男は土の中から『本』を取り出し、土を払う。

ラスコールは、呟いた。

「あのハミュッツを追い詰めたのは驚いたものでございますが……その後が良うございませんな」

と、『本』を眺《なが》めながら言う。

「しかし、苦労して手に入れたはいいものの」

そう言いながら、シガル＝クルケッサの『本』を袋にしまう。

「神溺《しんでき》教団も質が落ちたものでございます」

そして何かを口の中で呟くと、見る間に体が液体に変わっていくかのように溶けだし、地面の中へ消えていった。

あとがき

はじめまして。

山形石雄《やまがたいしお》と申します。神奈川《かながわ》の端にある地味な町で生まれ、目立たず騒がず平凡に育った男です。

『戦う司書と恋する爆弾』と、妙なタイトルのこの話ですが、単に主役二人のことを示しているだけの、実に直球勝負のタイトルです。あとがきから読まれる方のために説明させていただきますと、表紙に描かれている二人の、座ってるほうが戦う司書で、立ってるほうが恋する爆弾です。どちらもおかしなやつですが、しばしお付き合い願えればと思います。

この作品はスーパーダッシュ小説新人賞の、大賞という栄誉に預かっています。

じつは、最終選考に残った段階で、編集部の方からあらかじめ「結果は何日の何時ごろに連絡しますよ」という通達を受けていました。

当然ながらその日は朝から何も手につきません。まず、昼食を食べたあと食べたことを忘れました。しかも同じ蕎麦《そば》屋に二回入り、店員のおばさんに「あれ?」と言われて我《われ》に返りました。電車に乗れば乗り過ごし、引き返そうと思って間違えて、目的の駅には停《と》まらない急行電車に乗りました。

今日はだめだ、帰って映画でも見て落ち着こうと、深作欣二《ふかさくきんじ》監督の『仁義無き戦い広島《ひろしま》死闘編』をレンタルしたのですが、だいぶ前に見た映画でした。

すでに何も手につかずという問題ではなく、本気で危険なのではないかという領域に達していました。

あと、映画はとても面白《おもしろ》かったです。

話は変わります。

私は小説のアイデアにつまると、きまってトイレに立て籠《こ》もります。下を降ろした状態で便座に座っていると、どういうわけかアイデアが出るのです。不思議なことに部屋の中で下を脱いでも、下を穿《は》いたままトイレの中に立っているだけでもアイデアは出ません。狭い個室のなかに閉じこもることによる母胎回帰願望の充足、身につけているものを捨てることによる解放感、大も小もいつでも発射可能な状態であるという安心感など、さまざまな精神の作用によるものだと考えられます。

『戦う司書と恋する爆弾』を書いている時、一度完全に行き詰まってしまったことがありました。後半に差し掛かったあたりでのことです。その時は机に一分座って三分トイレ、一分座って三分トイレ、というローテーションを繰り返していました。

その時、ひらめきました。

「トイレで書けばいいんだ」

私はすぐさまノートとボールペンを持ってトイレに駆け込みました。

しばらく、そこで浮かんでくるアイデアの断片をノートにまとめていたのですが、膝《ひざ》の上ではやりにくいことに気がつき、そうだ押入れの中に折りたためる小さな机があったはずと、取りに行きました。

自分が阿呆《あほう》だと気がついたのは、机を組み立てている最中のことでした。

最後に、この作品を世に出すために、尽力くださった方々へ、謝辞《しゃじ》を述べさせていただきます。

まずイラストレーターの前嶋重機《まえしましげき》様と、イラストのコーディネーター様。すばらしいイラストありがとうございました。今後も、どうかよろしくお願いいたします。

担当T様。さまざまな突っ込みとダメ出しありがとうございました。戦う司書は担当様あっての戦う司書です。

編集長と編集部の皆様。ご助言ご助力、たいへん力になりました。

選考委員の先生方と選考に関《かか》わった皆様。いただいた高い評価に恥《は》じないよう、これからも努力していきたいと思います。

友人たち。皆さんの励《はげ》ましの言葉は忘れません。あと「読ませて」と言われたとき「売り物だから買って読んで」と答えた、私の心の狭さをお許しください。

支えてくれた家族には、お礼の言葉を言い切れません。本当にありがとう。

そして最後に、この本を手にとったあなたへ。この本があなたにとって価値あるものであることを、そして次の作品でまたお会いできることを心より祈ります。

それでは。

山形石雄

※この作品は、第4回スーパーダッシュ小説新人賞で大賞を受賞したものを、一部改稿したものです。

戦う司書と恋する爆弾

BOOK1

山形石雄

集英社スーパーダッシュ文庫

2005年9月30日　第1刷発行
2009年9月6日　第6刷発行

★定価はカバーに表示してあります

発行者

太田富雄

発行所

株式会社 集英社

〒101−8050　東京都千代田区一ツ橋2−5−10
03(3239)5263(編集)
03(3230)6393(販売)・03(3230)6080(読者係)

印刷所

大日本印刷株式会社

ISBN4−08−630257−8 C0193